Ottawa, en avril 2019

Mon cher Laurentin,
un tout petit cadeau pour
dire merci pour tout ce
que tu as fait pour moi !
J'ai récemment lu ce livre
en allemand et je voulais partager
ces moments intenses avec toi.
Merci xxxx, mon cher Tintin !
Je t'embrasse et je t'aime,
ton Jo

D1447052

DE NOS FRÈRES BLESSÉS

DU MÊME AUTEUR

DE NOS FRÈRES BLESSÉS, Actes Sud, 2016 ; Babel n° 1561.
S'IL NE RESTAIT QU'UN CHIEN (livre-CD avec D' de Kabal), Actes Sud, 2017.
KANAKY. SUR LES TRACES D'ALPHONSE DIANOU, Actes Sud, 2018.

JOSEPH ANDRAS

DE NOS FRÈRES BLESSÉS

roman

BABEL

Iveton demeure comme un nom maudit. [...] On se demande comment Mitterrand pouvait assumer ça. J'ai dû prononcer le nom [d'Iveton] deux ou trois fois devant lui et cela provoquait toujours un malaise terrible, qui se transformait en éructation. [...] On se heurte à la raison d'État.

B. STORA et F. MALYE,
François Mitterrand et la guerre d'Algérie.

Pas cette pluie franche et fière, non. Une pluie chiche. Mesquine. Jouant petit. Fernand attend à deux ou trois mètres de la route en dur, à l'abri sous un cèdre. Ils avaient dit treize heures trente. Plus que quatre minutes. Treize heures trente, c'est bien ça. Insupportable, cette pluie sournoise, pas même le courage des cordes, les vraies de vraies, juste assez pour mouiller la nuque du bout des doigts, goutte avare, et s'en tirer ainsi. Trois minutes. Fernand ne quitte plus sa montre des yeux. Une voiture passe. Est-ce elle ? Le véhicule ne s'arrête pas. Quatre minutes de retard. Rien de grave, espérons. Une seconde voiture, au loin. Une Panhard bleue. Immatriculée à Oran. Elle se range sur le bas-côté – la calandre toute déglinguée, celle d'un vieux modèle. Jacqueline est venue seule ; elle regarde autour d'elle en sortant, à gauche puis à droite, à gauche encore. Tiens, voilà les papiers, tu as toutes les indications dessus, Taleb a tout prévu, ne t'inquiète pas. Deux feuillets, un par bombe, avec les indications précises. *Entre 19 h 25 et 19 h 30. Avance du déclic, 5 minutes...* *Entre 19 h 23 et 19 h 30. Avance du déclic 7 minutes...* Il n'est pas inquiet : elle est là, présente, c'est tout ce qui importe. Fernand glisse les papiers dans la poche droite de son bleu de travail. La première fois qu'il l'avait vue, chez un camarade, voix basses et tamis des éclairages, comme de juste, il l'avait prise pour une Arabe, la Jacqueline. Brune, très brune, assurément, un long nez busqué et des lèvres pleines, assurément, mais pas arabe, pourtant, non... Les paupières rebondies sur des grands yeux sombres, quoique francs rieurs, fruits noirs un peu cernés. Une belle femme, à n'en pas douter. Elle sort du coffre deux boîtes à chaussures pour hommes, pointures 42 et 44, c'est indiqué sur le côté. Deux? Ah, impossible. J'ai prévu que ce sac, regarde, un sac trop petit pour mettre plus d'une seule bombe. Et puis le contremaître me surveille, je vais me faire remarquer si je rentre avec un autre sac. Oui, vraiment, crois-moi. Fernand porte l'une des boîtes à son oreille : sacré boucan, dis donc, tic-tic tic-tac tic-tac, tu es certaine que...? Taleb ne pouvait pas mieux faire mais tout ira bien, ne t'en fais pas, répond Jacqueline. C'est entendu. Monte, je te dépose un peu plus loin. Drôle de nom, le coin, n'est-ce pas? Il faut bien discuter de quelque chose, se dit Fernand, qui pense qu'il vaut mieux parler de tout sauf de ça tant que rien n'est fait. Le Ravin de la femme sauvage. Tu connais la légende?, demande-t-elle. Pas vraiment. Ou je l'ai oubliée... Une femme, c'était au siècle passé, ça nous rajeunit pas, en effet, une femme avait perdu ses deux enfants dans la forêt juste au-dessus, après un repas, un pique-nique, la petite nappe sur l'herbe, le printemps, je ne te fais pas un dessin, les deux pauvres petits malheureux ont disparu dans le ravin, personne ne les a jamais retrouvés et la mère est devenue folle à lier, elle n'a jamais voulu abandonner, elle est restée sa vie entière à les rechercher, alors on l'a appelée la sauvage, elle ne parlait plus, ou juste des petits cris comme une bête blessée, voilà, et un jour on a retrouvé son corps quelque part, là, peut-être où tu m'attendais, qui sait ? Fernand sourit. Drôle d'histoire, pour sûr. Elle se gare. Descends ici, il ne faut pas qu'on voie la voiture à proximité de l'usine. Bonne chance à toi. Il sort du véhicule et lui fait un signe de la main. Jacqueline le lui rend et presse la pédale d'accélération. Fernand ajuste le sac de sport sur son épaule. Vert pâle, avec un bandeau plus clair au niveau de l'ouverture à lacet – un sac qu'un ami lui a prêté et avec lequel il va faire du basket-ball le dimanche. Avoir l'air le plus naturel possible. L'air de rien, donc, de rien du tout. Voilà plusieurs jours qu'il l'emportait avec lui au travail pour habituer l'œil des gardiens. Penser à autre chose. La femme sauvage du ravin, quelle drôle d'histoire, oui. Mom' est là. Son nez pesant, convaincu sur sa moustache. Tout va bien depuis tout à l'heure ? Oui, sûr, je suis allé marcher un peu pour me dégourdir les jambes, ça m'a claqué le boulot ce matin. Non, rien à faire de la pluie, Mom', et puis c'est que tchi, ça, juste un petit crachin qui va passer d'une minute à l'autre, je te le dis… Que tchi, que tchi, comment qu'il parle le franchouillard. Mom' lui tape sur l'épaule. Fernand pense à la bombe au fond du sac, la bombe et son tic-tac tic-tac. Quatorze heures, le moment de retourner aux machines. J'arrive, je pose mon sac et j'arrive, Mom', oui, à tout de suite. Fernand balaie la cour des yeux en prenant soin de ne pas tourner la tête. L'air de rien. Nul geste brusque. Il marche lentement en direction du local désaffecté qu'il avait repéré il y a trois semaines. Le gazomètre de l'usine était inaccessible : trois postes de garde à franchir et des barbelés. Pire qu'une banque en plein centre-ville ou qu'un palais présidentiel (sans parler du fait qu'il faut se déshabiller des pieds à la tête, ou presque, avant d'y pénétrer). Impossible, en somme. Et puis dangereux, bien trop, avait-il confié au camarade Hachelaf. Pas de morts, surtout pas de morts. Mieux vaut le petit local abandonné où personne ne va jamais. Matahar, le vieil ouvrier avec sa tête mou-tarde en papier froissé, lui a donné la clé sans le moindre doute — juste pour faire une petite sieste, Matahar, je te la rends demain, tu dis rien aux autres, promis ? Le vieux n'avait qu'une parole, والله العظيـــم, jamais je dirai rien à personne, Fernand, tu peux dormir sur tes deux oreilles. Il sort la clé de sa poche droite, la tourne dans la serrure, regarde furtivement derrière lui, personne, il entre, ouvre le placard, pose le sac de sport sur l'étagère du milieu, referme, un tour de clé. Puis gagne la porte principale de l'usine, salue le gardien comme le veut l'usage et se dirige vers sa machine-outil. Il ne pleut plus, tu as vu, Mom'. Il a vu, en effet, sale temps quand même que ce mois de novembre qui n'en fiche qu'à sa tête toute grise. Fernand s'assoit derrière son tour et enfile ses gants élimés aux jointures. Un contact, dont il ignore le nom et le prénom, l'attendra ce soir à dix-neuf heures à la fermeture de l'usine, juste avant que la bombe n'explose. Puis le conduira dans une cache dont il ignore également l'adresse, sinon qu'elle se situe dans la Casbah, d'où il rejoindra ensuite le maquis… Le lendemain, peut-être, ou quelques jours plus tard, ce n'est pas à lui d'en décider. Rester derrière son tour et patienter pour sortir, comme tous les jours, en même temps que tout le monde, poser les gants verts et élimés, comme tous les jours, rigoler un peu avec les copains et à demain, c'est ça, bonne soirée les gars, le salut à la famille. Ne pas éveiller le moindre doute : Hachelaf n'a eu de cesse de le lui répéter. Fernand tente de s'en empêcher mais il pense, il ne fait d'ailleurs même que cela, à Hélène – le cerveau, sale gosse d'un kilo cinq, a le goût des caprices. Comment réagira-t-elle lorsqu'elle apprendra que son mari a quitté Alger pour entrer dans la clandestinité ? S'en doutait-elle ? Était-ce réellement une bonne idée d'avoir gardé le secret ? Les camarades n'en doutaient pas, eux. La lutte contraint l'amour au profil bas. Les idéaux exigent leur lot d'offrandes – combat et bleu des fleurs comme chien et chat. Oui, cela valait mieux pour le bon déroulement de l'opération. Il est presque seize heures lorsqu'on l'appelle dans son dos. Fernand se retourne pour répondre au point d'interrogation qui ponctue son nom. Des flics. Merde. Mais à peine songe-t-il à courir que l'on s'empare de lui pour l'immobiliser. Ils sont quatre, peut-être cinq – l'idée ne lui vient pas de les compter. Plus loin, le contremaître Oriol faisant mine de, mais tout de même, sa petite bouche de salaud s'efforçant de ne pas sourire, de ne rien divulguer, sait-on jamais, les communistes ont l'art des représailles à ce que l'on rapporte ici et là. Trois soldats arrivent, des premières classes de l'armée de l'air sans doute appelés à la rescousse. On a bouclé l'usine et fouillé partout, on n'a trouvé qu'une seule bombe pour le moment, dans un sac vert à l'intérieur d'un placard, assure l'un d'eux. Un gamin. Poupon imberbe. Con sous son casque rond. Tous trois portent un pistolet-mitrailleur en bandoulière. Fernand ne dit rien. À quoi bon ? Son échec est cuisant ; sa langue a au moins la modestie de le reconnaître. Un des policiers fouille ses poches et tombe, dans celle de droite, sur les deux feuillets de Taleb. Il y a donc une autre bombe. Branle-bas dans les têtes assermentées. Où est-elle ? demande-t-on à Fernand. Il n'y en a qu'une, c'est une erreur, vous l'avez déjà. Le chef ordonne qu'on le conduise sur-le-champ au commissariat central d'Alger. Oriol n'a pas bougé ; il serait dommage de manquer la moindre miette. Fernand, à présent menotté, le toise lorsqu'ils arrivent à sa hauteur : il espérait un rictus en guise d'aveu mais il n'en est rien, pas même un pli ; le contremaître demeure impassible, visiblement serein, droit dans ses bottes qu'il laisse aux militaires le soin de porter pour lui. L'a-t-il vendu ? L'a-t-il vu entrer dans le local et ressortir sans le sac ? Ou bien est-ce le vieux Matahar ? Non, il ne ferait pas ça, le vieux. Pas pour une simple sieste, quand même. La fourgonnette traverse la ville. Le ciel comme un chien mouillé, boursouflé de nuages. Hiver d'étain. On sait qui tu es, Iveton, on a nos petits papiers nous aussi, un enculé de communiste que t'es, on le sait, mais tu vas moins faire le fier là avec ta petite gueule, Iveton, ta petite moustache de bicot, là, tu vas bien l'ouvrir ta bouche au commissariat, tu peux nous croire, on est des doués, nous, on arrive toujours à nos fins donc crois-moi que ta sale bouche de communiste on va en faire ce qu'on veut, on ferait même causer un muet qu'il nous pondrait un opéra juste en claquant des doigts. Fernand ne répond rien. Ses mains sont entravées dans son dos ; il fixe le plancher du véhicule. Un gris usé, tacheté. Regarde-nous quand on te parle, Iveton, t'es un grand garçon tu sais, il va falloir assumer tes petites activités maintenant, t'entends, Iveton ? L'un des agents lui gifle le dessus de la tête (pas une gifle violente, de celles qui claquent, non point, une gifle feutrée, faite pour humilier plus que faire mal). Boulevard Baudin. Ses arcades. On le monte au premier étage du commissariat. Une pièce carrée, quatre par quatre, sans fenêtre.

La boîte à chaussures est posée sur la table de la cuisine. Non, c'est beaucoup trop dangereux, n'y touche pas, dit Jacqueline. La minuterie, incessante, à devenir fou dans la plus stricte littéralité du terme, tic-tac tic-tac tic-tac tic-tac. Tu es sûre ? demande Djilali, que l'état civil connaît sous le prénom d'Abdelkader et certains militants, c'est à s'y perdre, sous celui de Lucien. Tic-tac tic-tac tic-tac tic-tac tic-tac. Certaine, même. Allons voir Jean, il maîtrise ça mieux que toi, il saura probablement comment la désamorcer. Tic-tac tic-tac tic-tac tic-tac. Jacqueline ouvre l'un des trois placards pour en sortir une boîte à sucre métallique. La vide de son contenu et tente d'y glisser la bombe. Trop petite – Djilali l'avait pressenti à vue de nez.

Où est la bombe, fils de pute ? Fernand a les yeux bandés par un épais morceau de tissu déchiré. Sa chemise traîne à même le sol, la plupart des boutons arrachés. Il saigne d'une narine. Un flic cogne aussi fort qu'il le peut ; la mâchoire craque légèrement. Où est la bombe ?

Jacqueline achève d'emballer l'engin explosif dans du papier blanc et, après avoir ôté l'étiquette de la boîte à sucre, la colle délicatement sur le paquet. Cela devrait faire illusion en cas de contrôle. Djilali serre les dents. Tic-tac tic-tac tic-tac. Elle enfouit le paquet dans un grand cabas à provisions, avec des tablettes de chocolat noir et quelques savonnettes bon marché.

Fernand protège son crâne, en chien de fusil sur le linoléum. Une semelle heurte son oreille droite. Fous-le à poil puisqu'il veut pas parler. Deux agents le relèvent et, tandis qu'ils lui maintiennent les bras, un troisième défait sa ceinture puis baisse son pantalon et son slip bleu marine. Allongez-le sur le banc. Ses mains et ses pieds sont ligotés. Il faut tenir, se dit-il, tenir bon. Pour Hélène, pour Henri, pour le pays, pour les camarades. Fernand tremble. Honteux du peu d'emprise qu'il a à présent sur son corps, son propre corps, qui pourrait le trahir, l'abandonner, le vendre à l'ennemi. C'est écrit sur tes papiers, elle va sauter dans deux heures : où vous l'avez planquée ?

On frappe à la porte. On cogne, même. Police ! Ouvrez ! Hélène devine aussitôt qu'ils sont là pour Fernand. S'ils viennent ici, c'est qu'ils ne l'ont pas avec eux. Est-il en fuite ? Qu'a-t-il pu faire ? Elle se précipite dans la chambre à coucher et saisit une dizaine de feuilles, cachées dans la table de chevet, puis les déchire en petits morceaux. Police ! Ouvrez ! Ça tambourine. Fernand avait été clair : s'il m'arrive un jour quelque chose, tu détruis tout ça aussitôt, sans attendre une seule seconde, c'est d'accord ? Elle court aux toilettes, les jette puis tire la chasse d'eau. Des morceaux flottent encore à la surface. Elle tire de nouveau.

La bombe, enculé, parle ! Les électrodes ont été placées sur le cou, au niveau des muscles sterno-cléido-mastoïdiens. Fernand hurle. Il ne reconnaît pas ses propres cris. Parle ! Le courant électrique brûle la chair. Le derme est atteint. On arrête dès que tu nous dis.

Djilali et Jacqueline arrivent sur la place. Quelques bonnes sœurs passent près d'un vieil homme barbu en turban qu'un autre, plus jeune, arabe lui aussi mais en costume bistre, aide à traverser tant il avance lentement, tremblant de toutes ses années sur sa canne. Cacophonie des automobiles et des trolleybus, un conducteur peste et tape du plat de la main sur la portière de son véhicule, des gamins jouent au ballon sous un palmier, une femme en *haïk* porte un enfant en bas âge enfoui dans ses bras. Le couple ne dit rien mais tous deux le notent : on ne compte plus les cars de Compagnies républicaines de sécurité dans les rues. Les premiers attentats revendiqués par le FLN ont mis la ville à cran, c'est peu de le dire. Personne n'ose encore la nommer mais elle est bien là, la *guerre*, celle que l'on dissimule à l'opinion sous le doux nom d'*événements*. Fin septembre, les explosions du Milk-Bar et de La Cafétéria, rue Michelet, et puis, il y a deux jours, la gare d'Hussein-Dey, le Monoprix de Maison-Carrée, un autocar, un train sur la ligne Oujda-Oran et deux cafés à Mascara et à Bougie… Jean habite rue Burdeau. Djilali glisse à l'oreille de Jacqueline qu'il est préférable qu'elle entre seule, en premier, afin qu'il puisse surveiller ses arrières. Elle pousse la porte avec son sac de provisions. Il regarde autour de lui, rien de suspect, aucun policier.

Ouvrez! Hélène décoiffe ses cheveux et défait le lit. Elle ouvre la fenêtre de leur chambre et, faisant mine de bâiller, s'excuse auprès des agents, elle dormait, elle vient seulement de les entendre, excusez-moi. Trois tractions sont garées devant chez eux. Morgue du métal brillant. Ils sont une dizaine d'hommes. Qu'est-ce que vous me voulez?, interroge-t-elle. Vous ne le voyez pas ? Nous avons ordre de perquisitionner votre domicile, ouvrez immédiatement ! Je suis toute seule, je n'ai pas à vous ouvrir, je ne vous connais pas, et qu'est-ce qui me prouve que vous êtes bien de la police ? Hélène se dit que s'il est arrivé quelque chose à Fernand, il vaut mieux gagner du temps et la retenir ici le plus longtemps possible. L'un des agents, visiblement pour le moins irrité, hausse le ton et lui ordonne d'ouvrir, faute de quoi ils enfonceront la porte tout de go. Que voulez-vous ? Mon mari ? Mais il est à l'usine, vous n'avez qu'à aller le voir directement ! Hélène ne bouge pas de la fenêtre. On va défoncer la porte !

Pourquoi tu couvres les fells, à quoi ça te sert ? Vide ton sac et on arrête, Iveton, vide-le ! Les électrodes sont fixées à ses testicules. Un policier, assis sur un tabouret, actionne la dynamo. Fernand, dont les yeux sont toujours bandés, hurle encore. Il faut tenir, tenir bon. Ne rien dire, ne rien lâcher. Au moins laisser aux camarades le temps de se planquer, dès qu'ils comprendront, s'ils ne le savent pas déjà, mais comment le pourraient-ils, quelle heure est-il d'ailleurs, s'ils ne savent pas qu'il a été arrêté. Oui, quelle heure peut-il bien être ? Pourquoi tu trahis les tiens, Iveton ?

Jean est penché sur la bombe. La pièce est sombre, lumière falote. Jacqueline s'est assise sur la seule chaise tandis que Djilali revient de la cuisine avec deux verres d'eau. Tic-tac tic-tac tic-tac. Tu sais comment l'arrêter ? Jean signe son hésitation d'une moue. Il a déjà réussi, oui, mais sur un modèle différent, cette fois il n'est pas sûr de bien connaître ce mécanisme. Il avise les fils qui relient la bombe au réveille-matin de marque Jaz faisant office de minuterie. Taleb avait inscrit sur la bombe, en blanc, le prénom de Jacqueline. Hommage à une militante, une sœur de combat qui risque sa vie pour l'Algérie sans être musulmane ni arabe – Jacqueline est juive. Si tu n'es pas sûr, ne touche à rien, elle va nous péter à la tête sinon. Jean propose d'aller s'en débarrasser loin, à l'extérieur de la ville, dans un endroit désert qui n'atteindra personne. Pourquoi pas les Charbonnages Terrin ? propose Djilali, oui, ce n'est pas idiot, c'est sans risque là-bas.

On va te l'enfoncer dans le cul si tu parles pas, t'entends ça, tu entends ? Fernand n'aurait jamais cru que c'était cela, la torture, la *question*, la trop fameuse, celle qui n'attend qu'une réponse, la même, invariablement la même : donner ses frères. Que cela pouvait être aussi atroce. Non, le mot n'y est pas. L'alphabet a ses pudeurs. L'horreur baisse pavillon devant vingt-six petits caractères. Il sent le canon d'une arme de poing contre son ventre. Pistolet ou revolver ? Il s'enfonce d'un centimètre ou deux près du nombril. Je te troue le bide si tu parles pas, t'as compris ou faut te le dire en arabe ?

Jean a sommé Jacqueline et Djilali de rejoindre leur domicile, plus prudent, mieux vaut ne pas rester trop longtemps ensemble. La nuit délaie la cité dans la suie, houille, soleil assouvi, le muezzin appelle les fidèles à la prière, اشـهد ان لا الـه الا الله, rue de Compiègne, Jean allume une cigarette avec son briquet à gaz, il continue tout droit, arrive sur la rampe Chasseriau, des garçons à dos d'âne sur le trottoir, ça rit, ça rit, Chasseriau… c'était qui lui, déjà ? اشـهد ان محمد رسول الله, un commissariat sur sa droite, Jean aperçoit un camion de CRS stationné non loin : il est vide. Et pourquoi pas, après tout ? La bombe est prête, ajustée sur 19 h 30, il n'y a plus qu'à. Il freine brusquement, ramasse le paquet sous son siège et sort. Des voitures klaxonnent derrière lui. Il court en direction du véhicule, une vraie folie à l'évidence, abaisse la poignée de la porte arrière du fourgon, c'est ouvert, des conducteurs gueulent dans son dos, il y entre, glisse le paquet sous un des deux bancs puis regagne à la hâte sa voiture.

Hélène a finalement consenti à les faire entrer, ne doutant plus qu'ils pussent, en effet, "défoncer" la porte de l'habitat. Elle se frotte de nouveau les yeux et leur explique qu'elle dormait. Ils fouillent chacune des pièces de la maison, toilettes comprises, ouvrent les armoires, retirent le linge, vêtements à terre, ne remettent rien, chaque tiroir est inspecté. Un gros agent, plus zélé que les autres, contrôle minutieusement les boîtes d'alimentation. Hélène lui fait remarquer, agacée, qu'il pourrait se montrer plus soigneux et respectueux à l'endroit des biens d'autrui ; le gros agent ne lève pas la tête, il continue, le nez enfoncé dans le riz et la farine de seigle. Un de ses collègues le prie d'écouter madame Iveton et de procéder à la fouille avec plus de retenue. Une lettre, les gars, regardez ce que j'ai trouvé ! Un flic affiche fièrement un courrier du père d'Hélène, écrit en polonais, puisqu'il l'est et qu'elle l'est, de fait, par ses origines, un courrier familial, rien de plus, Joseph prenait des nouvelles de sa petite Ksiazek, elle se prénommait ainsi avant d'arriver en France. Et dire que la police prend ces quelques lignes pour un message codé ; Hélène sourit en elle-même.

Le corps de Fernand est presque entièrement brûlé. Chaque portion, chaque espace, chaque morceau de chair blanche ont été passés à l'électricité. On le couche sur un banc, toujours nu, la tête dans le vide, inclinée vers l'arrière. L'un des policiers dépose sur son corps une couverture humide tandis que deux autres le ficellent solidement au banc. Ta deuxième bombe va sauter dans une heure, si tu ne parles pas avant on va te crever ici, tu reverras plus jamais personne, tu entends ça, Iveton? Fernand peut enfin voir; on vient de lui ôter le bandeau. Il peine à ouvrir les yeux – la douleur est trop aiguë. Son cœur tressaute, aiguilles, piques, des spasmes le secouent encore. Des collègues à nous sont chez toi en ce moment, on t'a pas dit? Avec ta petite Hélène, paraît, en tout cas c'est ce qu'ils viennent de nous dire au téléphone, qu'elle est bien jolie ta femme… tu voudrais pas qu'on l'abîme, quand même? donc tu vas nous dire où est la bombe, d'accord? Un agent recouvre son visage d'un morceau de tissu et l'eau commence à tomber. Le chiffon se plaque, il ne respire bientôt plus, avale l'eau comme il le peut pour tenter de reprendre de l'air en vain il suffoque le ventre se gonfle à mesure que l'eau coule coule coule.

Il est dix-neuf heures. Yahia, son contact inconnu, celui qui devait le retrouver près de l'usine à la fin du travail, l'attend. Il a emprunté une voiture pour l'occasion afin de brouiller les pistes en cas d'éventuelles enquêtes. La consigne, nul camarade ne l'ignore : ne jamais attendre plus de cinq minutes. La ponctualité est l'impératif des militants, leur colonne et leur armure. Tout retard s'engage vers une débâcle. 19 h 06. Yahia reste à bord du véhicule et se dit, cette fois, qu'il va attendre Fernand, qu'un collègue trop bavard le retient peut-être près des machines. 19 h 11. Il descend de sa voiture, regarde autour de lui, sort son paquet de Gauloises Caporal et allume une cigarette (encore une que le FLN n'aura pas, pense Yahia, amusé, en songeant aux règles strictes, tendant à la démence, du Front vis-à-vis du tabac).

Dans cinq minutes t'es crevé, mort, ciao! L'eau lui coule du nez, il ne parvient plus à respirer, ses tempes cognent à tel point qu'il les imagine imploser d'un instant à l'autre. Un policier, assis sur lui, le frappe à l'abdomen. L'eau gicle de sa bouche. Stop, stop, arrêtez... Fernand ne parvient qu'à le murmurer. Le policier se redresse. Un autre coupe le robinet. D'accord, je sais où est la bombe... Fernand n'en sait rien, naturellement, puisque Jacqueline est repartie avec. Rue Boench, un atelier... Je l'ai donnée à une femme, une blonde, oui, blonde, sûr et certain... Elle portait une jupe grise et roulait en 2CV... Je ne la connais pas, mon sac était trop petit pour garder les deux, elle a pris l'autre puis est partie avec... Je ne l'avais jamais vue, je vous jure... Une blonde, c'est tout ce que je sais... Le commissaire exige que l'on envoie, sans perdre un instant, toutes les patrouilles disponibles afin qu'elles quadrillent Alger munies du présent signalement. On lui retire le morceau de tissu qui obstruait sa bouche et ses narines. Tu vois, Iveton, c'était pas très compliqué quand même... Tu crois que ça nous amuse de faire ça, franchement? On veut juste qu'il n'y ait pas de victimes innocentes à cause de vos conneries, c'est tout. C'est notre boulot, Iveton, notre mission, je dirais même, protéger la population. Tu vois : tu parles, on te laisse tranquille... Toutes ces voix sont les mêmes, celles de ses tortionnaires, Fernand ne parvient plus à les distinguer. Mêmes timbres, tas de sons, hertz pourris. Ce que Fernand ignore, c'est que le secrétaire général de la police d'Alger, Paul Teitgen, a explicitement fait savoir il y a deux heures de cela qu'il interdisait qu'on le touchât – Teitgen avait été déporté et torturé par les Allemands, il n'entendait pas que la police, sa police, celle de la France pour laquelle il s'était battu, la France de la République, Voltaire, Hugo, Clemenceau, la France des Droits de l'homme, des droits de l'Homme, il n'avait jamais su placer la majuscule, que cette France, la France, pût torturer à son tour. Personne, ici, ne l'avait écouté : Teitgen était une belle âme, un planqué débarqué de la métropole trois mois plus tôt seulement, il avait emporté dans ses valises ses jolies manières, fallait les voir de près, la déontologie, la probité, la rectitude, l'éthique, même, l'éthique, mon cul sur la commode il ne connaît rien au terrain, rien du tout, faites ce qu'il faut pour Iveton et je vous couvrirai, avait sans hésiter tranché le commissaire – on ne mène pas une guerre avec des principes et des prêches de boy-scout.

Yahia écrase sa cigarette sous sa semelle et regagne son véhicule. Vingt minutes de retard ; ça n'augure que le pire. Il démarre et tombe, une centaine de mètres plus loin, sur un barrage de l'armée française. Des camions militaires bloquent les rues à l'entour. Vos papiers, s'il vous plaît. Yahia tient sa réponse : il est arrivé quelque chose à Fernand. Un second soldat s'approche pour dire à son collègue de le laisser, tu vois bien que c'est pas une blonde ni une 2CV, on va pas arrêter toutes les bagnoles quand même… Yahia les salue d'un ton cordial (sans forcer le trait plus qu'il ne le faudrait) et se précipite chez Hachelaf – si Fernand est torturé, il risque de parler : il faut mettre à l'abri tous les contacts qu'il serait susceptible de donner.

Hélène est assise à l'arrière de l'une des trois tractions. On la conduit au commissariat de la rue Carnot puis la fait asseoir sur une chaise, face à un bureau en bois clair. Le commissaire entre et lui demande, sans prendre la peine d'introduire son propos, la couleur de la jupe qu'elle porte présentement. Hélène ne saisit pas le sens de sa question mais rétorque qu'elle est grise. Grise comme celle que porte la suspecte!, poursuit le commissaire.

Fernand est resté allongé sur le banc, attaché, mais il parvient peu à peu à récupérer son souffle. Il sait qu'il sera de nouveau torturé lorsqu'ils rentreront de l'atelier, mais il profite néanmoins de ce répit, de cette improbable accalmie. Le crâne pilonné. Déchiré. Les yeux mi-clos, il regarde, bouche ouverte, en direction du plafond. Son sexe le blesse tout particulièrement – il va jusqu'à se demander dans quel état il retrouvera ses couilles quand tout cela aura pris fin. La porte s'ouvre, il tourne légèrement le visage sur la droite, des cris, gueules de singes, gestapistes bardés tricolore, un coup de pied lui vrille brutalement les lèvres. Tu t'es bien foutu de nous, enculé, y a rien dans ton atelier, on va te défoncer.

Hélène vient enfin d'être fixée sur la situation : son époux a été arrêté après avoir posé une bombe, aussitôt désamorcée : l'usine du Hamma a averti la police et l'on a trouvé sur lui des papiers indiquant qu'un second engin explosif allait sauter, là, maintenant, d'une minute à l'autre. Elle n'en savait rien, répond-elle sans avoir à mentir. Bien sûr qu'elle n'ignorait guère les opinions politiques de Fernand et qu'elle le savait engagé dans des réseaux dont elle ne connaissait pas les tenants ni les aboutissants, bien sûr qu'elle soupçonnait qu'il pût, un jour, se raidir plus encore et chercher à joindre le geste à la parole, mais elle n'imaginait pas qu'il fût capable – était-ce toutefois le mot adéquat ? – de commettre, ou du moins de le vouloir, un attentat meurtrier. Elle se contente de dire qu'elle méconnaissait tout du militantisme de Fernand. Elle aimait l'homme en lui et peu lui importait de savoir où son cœur battait, à droite ou à gauche, du moment qu'il battait auprès d'elle. Vous vous foutez de notre gueule, madame Iveton ? Elle sourit. Son calme n'est pas qu'apparence, pirouette bravache, paravent fier-à-bras, non point, Hélène a toujours su, sa vie durant, conserver l'élégance et le maintien que chacun lui connaissait en toutes occasions. Vous devriez parler, madame Iveton, vous savez que nous possédons de nombreuses informations sur votre époux, dont une qui, je le déplore, risque de vous heurter : il vous trompe, depuis un certain temps déjà, avec une certaine madame Peschard. Hélène n'en croit pas un mot, leurs paroles sont lourdes et malsonnantes, pataudes, passe-passe de fonctionnaires et de galons, elle sourit de nouveau et répond que l'adultère est à la mode et que le commissaire l'est lui aussi, cocu jusqu'au cou.

Fernand s'est évanoui. Il a eu, juste avant de perdre connaissance, la sensation de mourir noyé. Les poumons entièrement bouchés. Un policier lui claque les joues à plusieurs reprises afin de le réveiller. Faudrait pas qu'il nous flanche dans les bras, non plus, c'est Teitgen qui serait pas content. Monsieur éthique, le planqué de Paris, la bouche en cœur, tout en coton. Ils rient.

Yahia n'a pas trouvé Hachelaf à son domicile, mais sa femme, qui n'est au courant de rien. Il se rend à son garage et, au bout d'une trentaine de minutes, l'aperçoit au volant de sa Lambretta. Lui fait signe de s'arrêter et lui explique en quelques mots la situation. Hachelaf n'a reçu aucune nouvelle du réseau mais il s'étonnait, en écoutant la radio, que personne n'ait mentionné la moindre explosion à l'usine. Yahia lui propose de se cacher quelques jours chez des amis européens, les Duvallet, des gens bien tu verras, le temps de savoir ce qu'il en est précisément de Fernand – il accepte.

Hélène est conduite dans une cellule. À quelques mètres d'elle, des prostituées raflées. Ils ont coupé l'eau.

Fernand recouvre ses esprits, c'est trouble, des têtes de flics penchées au-dessus de lui, ses muqueuses nasales le brûlent violemment, il a envie de vomir. Un policier demande aux autres de s'écarter et, assis sur le tabouret sur lequel la dynamo était installée quelques heures plus tôt, s'adresse à Fernand, d'une voix calme. Aimable, même. Il a montré qu'il était courageux, la chose sera dite, inutile de persister de la sorte, vide ton sac une bonne fois pour toutes et on te laisse tranquille, tu iras dans une cellule te reposer, plus personne te touchera, tu as ma parole. Et puis, tu le vois, l'heure est passée, personne ne nous a signalé la moindre explosion, ta blonde en 2CV a dû trouver un moyen de la désamorcer… Tout est fini, tu peux nous raconter la suite, on veut juste savoir avec qui tu travailles, des noms, des Européens et des musulmans, ne me dis pas que tu ne connais personne. Personne, vraiment personne, Fernand le confirme. Reprenez, les gars.

Des prostituées de toutes statures, bariolis des volumes, joufflues, replètes, grands bambous en

résilles, ridées ou la ligne claire d'une jeunesse pro-
fanée. Hélène s'est assise au fond de la cellule ; le
froid s'infiltre sous son manteau vert foncé. Fernand lui avait toujours dit qu'il condamnait, aussi
bien moralement que politiquement, la violence
aveugle, celle qui frappe les têtes et les ventres au
hasard, corps déchiquetés aux aléas, coup de dés,
la sordide loterie quelque part dans une rue, un
café ou un autobus. S'il défendait les indépendantistes algériens, il n'approuvait pas certaines de leurs
méthodes : on ne combat pas la barbarie en la sin-
geant, on ne répond pas au sang par son semblable.
Hélène se souvient des récents attentats, ceux du
Milk-Bar et les autres, et de Fernand lui confiant,
soucieux, son front plissé plus encore qu'à l'ordinaire sur son café noir et sans un sucre, qu'il n'était
pas bien de déposer des bombes n'importe où, pas
bien, oui, entre des fillettes et leurs mamans, des
grands-mères et de simples Européens sans un sou,
eux aussi, et que cela ne pouvait mener qu'à l'im-
passe. Un policier s'arrête devant la cellule et lance
à travers les barreaux : Iveton, tête de con ! Hélène
se lève, venez me dire ça en face, là, si vous êtes
un homme, ouvrez et venez me le dire. Les prostituées applaudissent et lâchent quelques bravos. Une
matraque glisse et valdingue le long des barreaux
pour obtenir le silence immédiat. Fernand n'avait
pas pu poser une bombe dans l'usine en sachant
qu'elle tuerait des ouvriers, elle en était certaine.
Sans doute escomptait-il atteindre le bâtiment vide.
Un symbole. Du sabotage, en somme.

Lâche-le, c'est bon, on va le perdre sinon. Fernand ne répond à présent plus de rien. Un bour-
donnement continu en dedans. Les organes comme

autant de plaies. Il supplie. Que l'eau et les coups cessent. Il est tard, les camarades doivent tous savoir qu'il a été arrêté, ils ont eu le temps de se cacher... D'accord, attendez, d'accord... Je connais deux personnes, pas plus, je vous jure, Hachelaf et Fabien, un ouvrier né dans une famille d'origine italienne, il est jeune, la vingtaine... Fernand ne sait plus à qui il parle, il ne sait d'ailleurs plus rien sinon que la torture s'arrête lorsqu'il choisit de parler. Je connais personne d'autre, vous savez tout. Un policier note les noms sur un calepin en cuir. Ça ira pour ce soir, mettez-le en cellule. Il n'est pas en mesure de se déplacer seul : on le porte, nu, jusqu'à celle-ci, et jette ses vêtements à côté de lui. Des rats filent dans les angles. Le sommeil l'emporte sur la douleur : il s'effondre quelques minutes plus tard.

La Marne tire sa langue verte à la paix bleue du ciel.

Des pelotes d'arbres bousculent la raideur de l'horizon.

Fernand ne porte qu'une chemisette à manches courtes et sa fine moustache est taillée de frais. Le soleil oscille entre deux nuages fripés bien que sans âge ; l'herbe est piquetée de coquelicots. Pas même mille âmes, dans la commune d'Annet. Fernand salue un vieux pêcheur et celui qu'il pense être son petit-fils. Le médecin de l'hôpital n'a pas menti : il le sent, lui aussi, qu'il reprend des forces. L'air de la métropole n'est donc pas sans mérites. Peut-être même parviendra-t-il, plus tard, à retrouver les terrains de football qu'il affectionne tant ? Patience, patience, lui répète ledit médecin d'un ton plus calme encore que ne l'est la Marne.

Fernand chantonne, comme il aime à le faire lorsqu'il marche ou que l'humeur l'exige... *Les arbres dans la nuit se penchent pour entendre ce doux refrain d'amour...* Un tango. *Carmen.* Les femmes du Clos-Salembier, son quartier d'enfance, lui avaient toujours dit qu'il avait un joli brin de voix, un petit quelque chose dans le timbre, le grain qui roule et accroche l'attention, et qu'il eût dû, juraient-elles sans jamais se lasser, tenter sa chance dans les cabarets et les salles de music-hall d'Alger. *L'oiseau le redit d'une façon si tendre…*

Et il faut bien l'admettre : la présence d'une jolie, Hélène de son prénom et charmante d'une oreille jusqu'à sa jumelle, n'est pas sans contribuer à sa convalescence. Une Polonaise, avait-il cru comprendre en l'écoutant discuter avec des clients, il y a deux semaines de cela. Avec des cheveux épais d'un blond particulier, comme du foin ombragé (un peu sombre, dépoli et rêche). Les sourcils fins, seulement un trait de plume, une petite fossette au menton et des pommettes rebondies telles qu'il n'en avait jusqu'alors jamais vu : deux mottes de terre sur des joues larges. Chaque soir, ou presque (un presque douloureux puisqu'il signe son absence), Hélène épaule son amie Clara, la patronne de la pension de famille dans laquelle loge Fernand, Le Café Bleu, en préparant les entrées ou les desserts. En journée, elle travaille dans une tannerie, non loin de là, à Lagny – le village, lui avait-elle appris quatre jours plus tôt, avait été pratiquement détruit lors de la Grande Guerre. La première fois que Fernand la vit, elle servait du vin à un couple assis à quelques mètres de lui : elle était de profil, un parfait profil projetant son ombre sur le mur, le nez légèrement bombé en son centre, souriante, et cette pommette – il n'en vit d'abord qu'une seule, nécessairement… –, cette pommette pareille à celles des Mongols (Fernand n'en connaissait aucun mais c'est du moins l'image qu'il s'en faisait). Et puis ses yeux d'un bleu d'ailleurs, voyage et méridiens pour le gosse d'Afrique du Nord qu'il était, deux petites dragées froides, pointues, un bleu chien-loup qui vous farfouille le cœur sans demander la moindre permission ni s'essuyer les pieds sur le paillasson qu'il ne manquera pas de faire de vous, un jour, si ce bleu-là venait à vous en vouloir ou vous aimer. Il avait prétexté quelque indécision, un repas de la semaine précédente, entre une tartelette caramel-cidre et une crème brûlée à la framboise, pour échanger leurs premières phrases. Ses avant-bras étaient fins, ses poignets comme de la verrerie de nantis. Elle avait penché pour le caramel et lui avait demandé d'où lui venait son accent : d'Algérie, madame, ma première fois en France, oui, enfin, on dit que l'Algérie c'est la France, c'est vrai, mais c'est quand même pas pareil, il faut bien dire ce qui est…

Elle est là, ce soir.

Fernand s'assoit, commande le menu du jour, ses yeux bleus petites perles givrées, elle sourit et s'en va, plis explicites de la jupe, les chevilles aussi fines que les poignets… Hélène est née à Dolany, un village quelque part au centre de la Pologne. Ses parents l'ont appelée Ksiazek à sa naissance et tous, c'est-à-dire avec son frère, partirent pour la France lorsqu'elle n'avait que huit mois. Le travail. Employés en tant qu'ouvriers agricoles. Son père se nomme Joseph – comme le charpentier de Judée ou le Petit Père des peuples, c'est au choix – et sa mère Sophie ; il joue du violon et elle est issue d'une famille aisée – elle fit faux bond à sa classe pour partir avec celui qu'elle avait choisi d'aimer ; trop peu de cœurs se plaisent à battre en brèche. Ils s'installèrent à Annet, avec des poules, des lapins, quatre cochons et quelques pigeons.

Tout cela, Fernand ne le sait pas encore : il l'apprend en voiture, lorsqu'elle l'accompagne à l'hôpital de Lagny, quelques jours plus tard, afin qu'il passe une radiographie des poumons (il fit semblant d'ignorer où tout ceci se trouvait et demanda son aide, en toute innocence, ce soir-là, puisqu'elle semblait du coin…). Elle n'a donc, lui explique-t-elle au volant de sa voiture, aucun souvenir de son pays natal et ne sait de lui que ce que ses parents ont à en dire — son père y réside désormais, une affaire bien malheureuse : il devait y faire un bref séjour, une histoire d'héritage à mettre au clair, mais la République populaire de Pologne ne lui permit jamais de prendre un billet retour… Ses courriers pèsent à présent de toute son amertume. Fernand ne lui cache pas qu'il vote avec et pour les siens, les ouvriers, et s'il n'a pas lu Marx comme les chefs, toutes les pages du *Capital* et les mille notes en bas de celles-ci, il ne doute pas un seul instant qu'il faudra bien, un jour, et le plus tôt sera le mieux, fiche en l'air tout ça, rupins, milords, rentiers, les cousus d'or et les canailles — ceux qui possèdent *les moyens de production*, comme ils disent, les chefs du Parti. Elle rit. Pourquoi pas ? Ça pourrait être bien le communisme, oui, sans doute, à condition que cela soit appliqué, l'égalité pour tous, la vraie, sans pontes ni bureaucrates, sans propagande ni commissaires politiques, mais ça ne l'est nulle part, pas même en URSS, précise-t-elle. Fernand n'entend pas la démentir : d'ailleurs, le pourrait-il ? Pour toute réponse, il affiche un sourire un peu bête. C'est ici, nous arrivons, dit-elle en désignant du doigt l'hôpital. Elle se gare et Fernand, à la fenêtre, lui assure qu'il fait au plus vite, c'est promis, attendez-moi dans le café juste là, il sort un billet de son veston afin qu'elle puisse payer sa consommation mais elle refuse, sans contredit possible.

Une tête dure, la Hélène, songe Fernand en gravissant les marches du perron. Un sacré bout de dame.

L'un des deux noms "donnés" par Fernand est en train de dormir. La porte de sa chambre s'ouvre. Des armes de poing et des pistolets-mitrailleurs brandis, haut les mains, lampes torches en plein visage. Ils pressent l'interrupteur. Fabien se lève, hébété, mais il comprend fort bien ce qu'il se passe. Tu as le bonsoir d'Iveton, ajoute même l'un des officiers comme si tout n'était pas assez clair ainsi. La pièce est retournée et des fils électriques sont trouvés dans une boîte en carton, sous des pantalons. Fabien reçoit un coup de poing dans le plexus puis, tandis qu'il tente de reprendre son souffle, plié sur lui-même, un autre, sur le côté droit du visage, le couche au sol. C'est avec ça que tu fabriques les bombes ? Allez au diable, répond-il, avant de recevoir un brodequin dans les côtes.

La femme d'Hachelaf vient également d'être arrêtée. On les conduit tous deux dans le même commissariat afin de les confronter – ils font comme s'ils ne se connaissaient pas, non, son visage ne me dit rien, jamais vu, désolé pour vous. Fabien est déshabillé, coups de bâton sur la plante des pieds, électrodes sur les testicules, il continue de leur promettre le diable et l'enfer, enfoirés d'impérialistes, on l'enduit d'un

34

liquide étrange qu'il ne sait comment nommer, de la pommade, font les flics en se gaussant. Le rire est le propre de l'homme, dit-on, et ce n'est pas beau à voir. Ils lui étalent sur "les parties" mais les guillemets font aussi mal : sensation d'acide, brûle, ronge, dévore, il hurle, parle et tu souffriras plus, il ne sait où est le laboratoire, non, pas plus qu'il ne sait qui confectionne les bombes, Fabien mord l'intérieur de ses joues et pas un mot ne sort de sa bouche.

La nuit passe sur son corps couturé.

Fernand se réveille. Du moins, on le réveille. Courbaturé, peinant à marcher droit. Il se frotte le nez – l'impression tenace qu'il est rempli d'eau. La presse est là pour toi, elle t'attend, enfile tes fringues. Le directeur de la Sûreté nationale est debout dans son costume, le commissaire, un certain Parrat, tente de faire de même. Et, face à eux, une dizaine de journalistes et de photographes. Fernand a été menotté les bras devant. Les flashs s'affolent, aveuglants, crachats blancs. Il plisse les yeux, les cheveux frustes, gras, le regard bas. On lui fait savoir que son nom occupe les unes de toute la presse algérienne. *Sans doute son travail terminé devait-il aller poser l'engin de mort quelque part dans un car, un tram, ou un magasin où il eût encore mutilé atrocement des femmes, des enfants, tué des innocents*, assure *La Dépêche quotidienne*… Les questions fusent, ricochent, postillons pour l'opinion, la bête livrée à l'équarrissage. Il répond comme il peut, sans entrer dans les détails, tentant de ne pas en dire plus qu'il ne le faut. Ses mots chevrotent, esquintés par la faim et les supplices de la veille. Non, sa cellule n'a rien à voir avec les attentats du Milk-Bar et de La Caféteria ; non, il n'est pas un meurtrier mais un militant politique, son opération visait uniquement l'usine à gaz, du matériel, rien de plus, pas une personne n'allait périr dans l'explosion, il s'était personnellement assuré de cela auprès de ses camarades, tout avait été pensé pour que le sang ne coulât pas ; oui, il est communiste. Il répond, croisant et décroisant ses mains. On lui apprend qu'une seconde bombe, sur laquelle était inscrit le prénom "Jacqueline" (sur la sienne, celui de "Betty" – une amie de Taleb ; les journalistes le savent aussi), a été retrouvée à l'aube dans un camion de CRS, en pleine ville : qu'a-t-il à dire là-dessus ? Je ne suis pas au courant, je ne sais rien de cette bombe. Ainsi donc, songe-t-il, Jacqueline a trouvé le moyen de s'en débarrasser. Elle n'a pas sauté : défaillance technique.

Djilali est penché sur sa machine à écrire. Il se frotte les yeux. La paupière droite palpite nerveusement. Jacqueline lui masse la nuque d'une main tandis qu'elle lit le tract qu'il rédige par-dessus son épaule : le FLN revendique sans l'ombre d'une hésitation l'action menée par le camarade Fernand Iveton, courageux patriote s'il en est – l'Algérie de demain est son pays, celle où le colonialisme ne sera plus qu'un mauvais souvenir, une parenthèse funeste dans le récit de l'exploitation de l'homme par l'homme, celle où les Arabes n'auront plus à courber l'échine, celle où l'État sera souverain et indépendant de la France. Jacqueline lui demande s'il compte le faire relire et approuver par les autorités du Front, avant impression et distribution, oui, bien sûr, c'est un peu sensible en ce moment, mieux vaut être sûr.

Fabien est allongé, les bras en croix, sa lèvre inférieure pisse le sang. Il vient d'abandonner deux noms.

Fernand a été torturé toute la journée ; il en a donné trois. De quelles matières sont donc faits les héros, se demande-t-il, attaché au banc, la tête en arrière ? De quelles peaux, de quels os, carcasses, tendons, nerfs, étoffes, de quelles viandes, de quelles âmes sont-ils fichus, ceux-là ? Pardonnez, les camarades... Il n'a pas les épaules assez larges pour faire honneur au costume du préfet de l'Eure-et-Loir, Moulin, dit Max, crevé la gueule contuse dans un Paris-Berlin ; il n'a pas le cran d'en appeler à l'Histoire à lettre capitale. Pardonnez, les camarades, j'espère au moins que vous êtes bien planqués, j'ai tenu le plus longtemps possible...

Aujourd'hui, une trentaine de *rebelles* sont morts sous la mitraille ou les bombes dans l'arrière-pays.

Mais toujours pas de *guerre*, non, ça non, le pouvoir cultive ses politesses – treillis taillés dans du satin ; boucherie fardée à la bonté.

Fernand boit un peu mais n'a toujours rien à manger.

S'endort.

Le lendemain, on le transfère dans une autre ville. Torture, derechef. Cette fois, une bassine d'eau électrifiée est placée juste en dessous de lui, sous l'échelle pliante sur laquelle on l'a ligoté : s'il bouge pendant que l'eau rentre dans sa bouche, ses fesses y plongent. On attend de lui qu'il livre l'adresse de la fabrique de bombes, celle d'Abderrahman Taleb, un étudiant en chimie qui avait rejoint les maquis l'an passé. Fernand tient plus de deux heures puis crie qu'ils arrêtent, il va parler, il la connaît, je vais vous y conduire, c'est d'accord. On le menotte et l'installe à bord d'un véhicule militaire. Au bout d'une quarantaine de minutes, il indique du doigt

une ferme au loin, assis dans l'une des trois jeeps
– Fernand n'a jamais mis les pieds ici, il ne connaît
strictement rien de cet endroit, sinon qu'il ressemble
fort à une ferme et corrobore l'information qu'il a
donnée sous les coups ("la fabrique se situe dans
une ferme, à l'écart d'Alger") ; il tente seulement
de faire cesser les tortures sans pour autant livrer
les informations nécessaires à la survie du réseau.
Les murs du bâtiment découpent le vert alentour de
leur chaux blanche. Une vingtaine de soldats pro-
gressent, MAT 49 et Thompson M1A1 à la main, vers
la porte d'entrée – ils se séparent en trois groupes
afin de l'encercler. À quelques pas de la jeep, deux
gardes se tiennent près de Fernand. Ils ne quittent
pas des yeux l'imminent assaut. Un des soldats
frappe à la porte, attend une réponse, rien, il fait un
signe de la main et s'écarte sur le côté, trois soldats
derrière lui l'enfoncent. Les deux gardes plissent des
yeux pour n'en rien rater. Fernand regarde derrière
lui : des arbres et, plus loin, ce qui semble être, vu
d'ici, une sorte de petit ravin. Aurait-il le temps de
l'atteindre ? Les soldats entrent dans la ferme.

Fernand se met à courir ; il a parcouru six ou
sept mètres lorsque ses gardes se retournent et
ouvrent le feu. Il entend trois détonations mais, à
son grand étonnement, ne s'écroule pas, rien, il est
indemne et continue de courir ! Des cris, derrière
lui. Violente dépression de terrain. L'inclinaison est
abrupte, il ne dévale ni ne glisse : il saute. Sent sa
cheville se tasser au moment de la réception, tré-
buche, se redresse. Autour de lui, des grosses pierres,
des arbustes, broussailles et buissons, et, à quelques
mètres plus avant, un cours d'eau. Il n'aura pas le
temps de courir ni de nager, songe-t-il, il se fera

plomber de là-haut. Il se roule sous un arbrisseau, un genre de genêt, merde, les bras dépassent, il tente de se blottir le plus possible, ramasse ses membres mais les plaies l'empêchent de se plier comme il l'aimerait. Les soldats dévalent la pente, ils crient, cliquètement des armes, les bottines de cuir écrasent l'herbe sèche. Fernand ne voit rien. Certaines voix s'éloignent, d'autres semblent, il le craint en tout cas, se rapprocher, tu crois qu'il a eu le temps de franchir la rivière?, putain les gars je vous avais dit de le surveiller, vous êtes vraiment des abrutis, des sacrés abrutis, va chercher le projo, Daniel!

Est-ce la peur qui confère au temps sa propre cadence? Fernand a l'impression d'être sous ce genêt depuis des heures. Crampes et fourmis aux cuisses. Non, il ne délire pas, la nuit est bien en train de tomber. Un soldat parle d'amener un chien, Fernand entend mal à présent; les militaires se sont éloignés. Le ravin est soudainement balayé d'une grande lumière abrasive. Putain, il est là, les mecs, il est là! Fernand ne comprend pas, il n'a pourtant pas bougé. On le veut en vie, ne tirez pas! Les bottes s'approchent, des mains l'agrippent et le relèvent. L'un d'eux gifle Fernand. Tes menottes, ducon, tu avais les bras à découvert, tes menottes font réverbération dans la nuit avec notre projecteur. Petit malin. Emmenez-le à Alger.

Fernand se protège comme il peut, on le frappe à la tête et à l'estomac avec une sorte de manche de pioche en bois, tu t'es bien foutu de nous, Iveton, y avait rien dans la ferme, juste une pauvre famille de paysans, ça va durer longtemps ton petit jeu encore? Nous on n'est pas pressés, on a la patience et les clés de tes menottes, tu vas nous lécher les pompes autant de temps qu'on voudra, mets-toi bien ça dans ton crâne. On le jette dans sa cellule le ventre vide, les pieds et les mains enchaînés.

Djilali vient de recevoir la réponse des chefs du Front : ils ne tiennent pas à revendiquer publiquement l'action manquée d'Iveton. Jacqueline, à cheval sur l'accoudoir du sofa, ne comprend pas leur réaction. La police suspecte les communistes, ils commencent à arrêter les militants PCA et CDL à tour de bras, ça arrange le Front, à mon avis, ça brouille les pistes et puis ça détourne l'attention, lui répond Djilali. C'est Yacef qui a écrit la réponse ? Non, je ne crois pas...

Fernand est assis sur un tabouret, les bras attachés. Du sang coule de son nez. Un militaire, un autre ou le même, qu'importe, tourne autour de lui en parcourant la presse du jour. Ils ne sont que tous les deux. Tu as vu, c'est marrant, ça, ils écorchent presque tous ton nom : Yveton, avec un Y. Fernand ne trouve rien de spécialement "marrant" dans cette coquille mais se garde bien de le faire savoir. Le soldat consulte les gros titres et lit, parfois, quelques lignes des articles le concernant à haute voix. Tiens, écoute un peu ça, *la population française d'Algérie sait, désormais, où sont les monstres et qui ils sont*, ils parlent de vous, les communistes, c'est pas très gentil... Dis voir, *Paris-Presse*, tu connais ? Jamais lu pour ma part, *communiste assassin*, ha ha, c'est tes parents qui vont être fiers de toi, Iveton (il pouffe de nouveau de sa plaisanterie), on dirait bien que tes petits copains ont l'air frileux, dis donc, le Parti se bouscule pas pour saluer ton action, Iveton, remarque, à leur place je ferais pareil, tu n'as même pas été fichu de la faire péter ta bombe, tu parles d'un brave... Il continue

40

de tourner, soliloquant, poisson dans son bocal carré, visiblement très amusé par la situation. Fernand demeure immobile sur son tabouret. Une goutte de sang vient de tomber sur le sol, pile entre ses pieds nus. *Le Figaro* a pas l'air de bien t'aimer, quoique, tu es plutôt beau garçon sur leur photo, là, tu t'aimes bien dessus ? Il lui montre ladite photo, ouais, ça t'allait bien cette petite moustache, comme quoi, on prend soin de soi chez les prolos, faudrait pas croire. Fernand ne l'écoute plus, il aimerait seulement qu'il cesse de tourner en rond autour de lui – sans quoi il deviendra fou. Tu réponds quand je te parle ? Fernand ne dit rien. Le soldat roule deux ou trois journaux dans sa main et, sans prévenir, lui fouette le visage avec.

Hélène prend soin de ne les point saluer lorsqu'elle quitte le bureau. Inutile de la raccompagner, a-t-elle insisté, elle connaît le chemin. Elle sort du commissariat, il est vingt heures, constate-t-elle, et rejoint la station des taxis un peu plus loin. Un chauffeur l'invite à prendre place. Rue des Coquelicots, s'il vous plaît. C'est un joli nom, ça, madame, coquelicots. Oh, ça n'a pas l'air d'aller très fort le moral, madame ? Je voudrais pas être inconvenant (Hélène relève le mot et, sans bien savoir pourquoi, n'est pas loin de le trouver cocasse), madame, ni curieux, Dieu m'en préserve, آمـين يـا ربّ, mais je connais les humains mieux que personne, moi, et vous devez bien savoir pourquoi ? Je les transporte toute la journée, je connais comment ils sont faits tous, si, si, madame, ne souriez pas, je vous vois dans le rétroviseur, enfin, si, au contraire, souriez, je suis content comme ça, je m'appelle Farouk, je disais donc : je connais tous les humains et rien ne m'échappe, c'est ça de conduire un taxi, et je vois tout de suite que vous avez des grosses tristesses en vous, mais vous êtes fière, ça se voit tout de suite ça aussi, avec ou sans rétroviseur d'ailleurs, alors vous refusez de le dire à Farouk, qui n'est pas curieux, mais un peu quand même… Hélène rit. Un chapelet pend à son rétroviseur. Vous avez gagné, vous êtes fort, répond-elle. Je viens du commissariat et j'ai quelques soucis, en effet… Mon mari a été arrêté, je ne sais pas si vous avez suivi les informations ces derniers jours? Il s'appelle Fernand Iveton, il… Non! Non! Farouk lâche le volant durant quelques secondes et agite brusquement ses mains, mais évidemment que je connais Iveton, madame!, tout le monde connaît Iveton chez nous, الله يحفظه, c'est incroyable ça!, madame Iveton en personne dans mon taxi, quand Farouk va raconter ça, personne le croira!, سبحان الله, il éclate de rire, rue des Coquelicots, c'est bien ça? Hélène lui raconte les heures passées au commissariat et précise qu'elle n'a pas été maltraitée : personne ne l'a touchée. Elle n'a aucune nouvelle de son époux, la police a refusé de lui en donner et elle n'a pas la possibilité d'entrer en contact avec lui. Sans doute a-t-il été battu, oui, c'est même certain, et cette seule idée lui est insupportable, confie-t-elle, mais elle sait qu'il sera relâché : il n'a tué personne, pas même blessé, la bombe n'a pas explosé, n'importe quel avocat saura le tirer de là. Hélène salue Farouk, qui refuse de prendre son argent, un refus qui n'a rien d'une politesse mais tout d'un ordre : on ne fait pas payer la femme d'un combattant du peuple, خليه ربنا يخليك, prenez soin de vous madame, oui, bonne soirée à vous aussi.

La lune bâille et embrume l'obscurité de son haleine blanche. Maille étoilée – milliers de petites clés ouvrant la nuit.

Aujourd'hui, soixante-treize *rebelles* ont été tués.

La serveuse dépose les menus et Hélène porte une robe gris clair à col blanc. Fernand, lui, n'a pas manqué de nouer la seule cravate qu'il possède. Il avait hésité un peu avant de l'inviter à dîner. Peut-être était-ce prématuré ? Elle avait pris de son temps pour l'accompagner jusqu'à l'hôpital, cela paraissait la moindre des choses de l'en remercier. Au pis pourrait-il invoquer, faussement naïf, conscient de transformer une audace en maladresse qui saurait se faire touchante, la célèbre "hospitalité algérienne" pour justifier la témérité, sinon l'impolitesse, de ce repas. Mais elle est là, en face, visiblement plus apaisée qu'il ne l'est, il pourrait la toucher s'il tendait le bras mais cette seule idée relève déjà du sacrilège, pense-t-il d'ailleurs à la toucher ? Les corps sont absents lorsque naît au profond du ventre cette chose qui ne possède pas de mots, qui n'a jamais su en trouver pour se dire et se cerner, ce *truc*, c'est sans doute le terme le plus à même de signifier ces premiers temps hors du temps, ce truc un peu dingue, vapeurs, fumerolles, éther, qui condamne à la déroute toute ébauche de rationalité, ce truc que l'on sait trempé d'illusions, parures, dorures et sables d'un instant, mais auquel on s'agrippe, donnant tout, tête la première, oui, ce truc. Fernand la regarde comme d'autres contemplent une statue ou une toile : il lui manque la précision du langage pour le formaliser mais il regarde les volumes et les ombres sur la peau, les reflets, les pores plus ou moins sûrs d'eux, les mains (tout semble se concentrer en ce seul point, ces mains qui se donnent ou giflent, que l'on prend ou qui s'en vont : les mains d'une femme aimée, ou désirée, portent la même charge déchirante, la même fièvre sacrée que la bouche qui, un jour, sans toujours s'annoncer, s'approche ou se refuse à jamais), ce sourire étranger et ces yeux qu'un mauvais poète comparerait sitôt à la mer sans craindre de l'offenser (Hélène n'a pas droit aux lieux communs, aux chromos de rimailleurs).

Il ne sait presque rien d'elle mais ce qu'il en sait suffit bien amplement.

Inutile de lester un cœur battant.

Elle aime avec passion la danse, lui dit-elle. Elle tient cela de son père, qui, de son violon, animait en France des soirées populaires (mais peut-être lui a-t-elle déjà dit qu'il jouait du violon ? Elle s'en excuse ; il s'en régale). Elle passa même des concours et en remporta certains. De valse, essentiellement. Mais, précise-t-elle, il ne faudrait pas que Fernand se figure un père artiste, sage dans ses nuages, non, l'homme est avant tout ouvrier agricole, des mains qui en attestent et ne craignent pas de prouver leur vigueur au moindre écart. Elle en fit plus d'une fois les frais, ses mains ou sa ceinture en cuir noir, lorsqu'elle manquait de "discipline", enfant, avec les animaux de la ferme. Fernand l'écoute attentivement et prend soin de ne pas la couper. Hélène se rêvait indépendante et autonome, mais la société n'entend pas que l'on puisse, lorsque l'on est une femme, rêver plus que les contours ne le permettent – la collectivité tient à garder un œil sur ses ventres, sa chair et son avenir. Il lui fallut se marier jeune, à seize ans, pour pouvoir quitter le foyer familial et tourner le dos, ne fût-ce que provisoirement, à ce père généreux mais violent – Fernand lui demande si elle continue de lui en vouloir : elle se contente de secouer la tête puis s'excuse de se livrer avec tant d'impudeur. Je ne sais pas ce qui m'a pris, je n'ai pas l'habitude de, enfin, je, je sais que vous êtes de passage, c'est pour ça, sans doute. Fernand n'aime pas cette réponse mais fait comme si. Excusez-moi, Fernand, je ne parle que de moi, vous devez vous dire que… Je ne me dis rien, je vous écoute, je connais déjà ma vie alors j'aime mieux entendre la vôtre. Elle sourit. Le riz est très bon, vous ne trouvez pas ? Assurément, il l'est. Quoiqu'un peu trop salé, tout de même, vous ne trouvez pas ?

Fernand veille à tenir son accent, à ne pas passer pour un cul-terreux de Nord-Africain. Elle insiste pour en savoir plus. Ses yeux bleus se réchauffent, bulles de saphir, bouquets d'un coin de ciel tombé de Dieu sait où. Soit. C'est d'accord. Fernand prend son temps, à dessein, passe un doigt sur sa moustache, la tête légèrement inclinée vers l'arrière, et lui parle de son père, puisqu'elle vient d'évoquer le sien, Pascal, un môme de l'Assistance publique. Son nom de famille, Iveton – avec un I, pas un Y, j'y tiens, ajoute-t-il aussitôt –, vient de là, de l'État français. Et votre mère ? Une Espagnole. Elle m'a eu quand elle avait dix-sept ans, l'année de la création du AC Fiorentina. Vous ne connaissez pas ? Ils portent des maillots avec une grosse fleur de lys rouge, non,

toujours rien ? C'est vrai, les femmes et le football…
Je vous charrie. Un club italien de Florence. Bref, je
l'admets, on fait mieux comme baptême. Ma mère
se prénommait Incarnación, inutile de traduire, un
joli prénom vous trouvez ? Oui, peut-être, en tout
cas c'est celui de ma mère. Elle est morte quand
j'avais deux ans et mon père s'est remarié avec une
femme qui avait déjà eu deux gosses, deux enfants,
pardon, d'un précédent lit, comme on dit. Voilà,
nous sommes à égalité, Hélène, balle au centre, si
vous me permettez l'expression – ça va, vous sai-
sissez, cette fois ? Elle rit et le traite de voyou mal
élevé. Faut voir ça avec ma mère, demandez-lui des
comptes, répond-il le visage grave. Hélène se fige,
pétrifiée à l'idée d'avoir pu commettre quelque
impair ; il s'esclaffe, je vous charrie encore, pardon,
la tête que vous venez de faire, il rit de nouveau
puis, apercevant la serveuse, lui demande si elle
désire un café.

Voilà une semaine que Fernand a été arrêté.

On lui annonce, dans sa cellule, qu'il va être jugé par un tribunal militaire. Le procès se tient dans quatre jours. *Tentative de destruction par substance explosible d'édifices habités ou servant d'habitation.* L'officier lit sa note sans lever les yeux. Il a des grosses joues, une mauvaise peau. Fernand est assis, les pieds toujours enchaînés, sur un banc en fer. Articles 434 et 435 du Code pénal. Il risque la peine maximale, autrement dit, précise-t-il comme si cela manquait de clarté, la mort. Fernand, en entendant ce mot, se surprend à ne pas ciller. Les tortures ont dû lui faire fondre le cerveau, songe-t-il. Depuis la veille, un nerf palpite continuellement à hauteur du biceps du bras droit. Les autorités communistes, poursuit-il, refusent de se mouiller : aucun avocat du Parti n'a été envoyé. On se méfie de ce trublion, ne serait-il pas anarchiste, d'abord ? Ça sent le soufre, les bombes jetées sous les calèches des tsars et les explosifs balancés dans les assemblées et les casernes, les fanions noirs et fiers, Auguste Vaillant et le toutim… L'officier a soigneusement plié en quatre la note qu'il lisait avant de la glisser dans la poche arrière de son pantalon. Un soldat à ses côtés affirme à Fernand que tous les Européens d'Algérie, dehors, le clouent au pilori : il y a même des portraits de ta tronche placardés aux murs d'Alger. Il est le traître, le félon, le Blanc vendu aux crouilles.

Hélène regarde son patron droit dans les yeux, le fond de la pupille, creusant le noir du noir, elle le fixe tant et si bien qu'il finit par baisser les yeux sur son bureau, son bureau de patron. Il relève la tête et ajoute qu'il n'a plus rien à lui dire, qu'elle peut disposer de son après-midi à sa guise et qu'on lui fera parvenir dans les plus brefs délais sa paie de novembre (du moins aux jours correspondants puisqu'il ne tient pas à ce qu'elle achève son mois). Elle ne lui répond pas et s'en va sèchement, en prenant bien sûr soin de claquer la porte. La direction, lui a-t-il fait savoir, n'entend point la garder comme serveuse au regard des présents événements. Elle passe devant l'hôpital Mustapha mais ne s'arrête pas à son arrêt de trolleybus – elle préfère rentrer chez eux à pied, tenter de se calmer, les pourris, pense-t-elle, quelle bande de pourris. Il va falloir trouver au plus vite un nouvel emploi, sans quoi, Fernand emprisonné, elle ne sera plus en mesure de régler le loyer au propriétaire... Hélène va attendre le procès puis elle ira éplucher les petites annonces. Elle travaillait comme femme de ménage en arrivant à Alger, chez un ingénieur dont le passe-temps privilégié était de jouer au tennis avec son épouse. Des gens sympathiques. Peut-être pourraient-ils la reprendre ? Il faudra leur en toucher un mot. Sait-on jamais.

On transfère Fernand à la prison algéroise de Barberousse. Les colons français l'avaient construite une vingtaine d'années après que leurs armées eurent envahi le pays. Un bâtiment plutôt beau, du reste, avec ses grandes façades dégagées et son dôme pointu, la mer au loin, derrière, coupant le ciel au rasoir d'un geste résolu. On le dévêt. Empreinte digitale sur le registre d'entrée. Attribution d'un numéro d'écrou, inscrit sur un morceau de toile grise – 6101. Le procès va se tenir dans deux jours et Fernand ne sait toujours pas qui assurera sa défense.

Hélène a acheté la presse avant de rentrer. Elle n'attend pas de s'asseoir pour parcourir les articles ayant trait à leur affaire et tombe sur une ligne, une simple ligne, qui suscite sitôt sa colère : Fernand porterait *un bleu de travail malpropre* et *une chemise à la blancheur douteuse*, c'est écrit, noir sur le blanc de ce torchon. Elle pose les clés sur le dessus de la commode (pour ne pas dire, en vérité, qu'elle les jette) puis déchire la page du périodique. Elle a toujours tenu à ce que son mari soit propre sur lui, le pli du pantalon bien net, le col droit, jamais jauni au niveau de la nuque, elle râlait sans cesse lorsqu'il n'ajustait pas, comme il avait la vilaine manie de le faire, la boucle de sa ceinture sur le bouton de son pantalon, et voilà que ce journaliste se permet de l'humilier ainsi, toute honte bue, de le faire passer pour un négligé, un souillon, sans doute pense-t-il ainsi pouvoir se moquer des ouvriers, les dauber confortablement installé dans son fauteuil de gratte-papier raté... Hélène ne parvient pas à se calmer et allume une cigarette. Elle tire deux bouffées. Expire longuement. Leur chat, Titi, sommeille au fond du siège, cercle de poils sombres, la patte gauche posée sur l'un de ses yeux afin de se préserver de la lumière.

Fernand est allongé sur la couchette de sa cellule, qu'il partage avec deux détenus, deux Arabes dont il ignore encore le nom (l'un d'eux dort d'un même ronflement depuis son arrivée, l'autre est à l'infirmerie). Le système colonial se poursuit jusqu'ici : les Européens bénéficient de deux couvertures et les indigènes d'une seule ; les premiers de deux douches et d'autant de rasages hebdomadaires et les seconds d'un seul. La porte s'ouvre. Un individu entre, escorté d'un gardien. Il se présente à Fernand : Albert Smadja, avocat. Les deux hommes se serrent la main et le gardien se retire. Il n'y a nulle part où s'asseoir, s'excuse le prisonnier. Smadja est brun, les yeux blottis sous les paupières, la peau épaisse de sable humide. Il est communiste et juif. Le bâtonnier Perrin l'a chargé de défendre Iveton comme commis d'office. Fernand écoute ; il ne connaît rien, ou presque, des coulisses et des sous-sols de la Justice. Smadja préfère se montrer honnête avec lui : il désapprouve son geste mais fera, naturellement, tout ce qui est en son pouvoir, même s'il n'est encore qu'un jeune avocat débutant, pour plaider sa cause. Fernand demande, en mimant de sa main droite, à hauteur du cou, un geste de décapitation : c'est la tête ? Le bâtonnier, répond l'avocat, pense que vous vous en tirerez avec une peine de prison car il est impossible que l'on vous exécute alors que vous n'avez tué personne. Et vous, qu'en pensez-vous ? Smadja marque une pause, visiblement gêné. Son silence se roule en boule au fond de sa gorge. Pour être tout à fait franc avec vous, Fernand, je ne tenais pas à gérer ce dossier, je ne suis qu'un avocat stagiaire de troisième année, je doute d'avoir la carrure pour ça... Vous savez, le climat est épouvantable à Alger. Tout le monde la veut, justement, votre tête. J'en ai parlé au bâtonnier et il a prié, ce matin même, Charles Laînné de s'occuper également de votre affaire, je ne sais pas si vous avez déjà entendu parler de lui, c'est un très bon avocat, la soixantaine, il est membre du Secrétariat social du Secours catholique, cela pour vous dire qu'il a à cœur de défendre, disons, les justes causes… Fernand lui demande quel est le sentiment de Laînné sur son affaire. Smadja finit d'essuyer le carreau droit de ses lunettes avec un mouchoir qu'il a sorti de la veste de son costume, puis reprend : il ne pense pas non plus que l'on puisse attenter à votre vie pour ce que vous avez fait ; nous avons réfléchi ensemble à notre ligne de défense pour demain, je sais, oui, les délais sont effarants, les gens réclament votre peau alors les autorités, je suppose, n'ont pas envie de traîner, le député Soustelle a même déclaré que vous aviez prévu de faire sauter toute la ville… Si, si, je vous assure. Smadja se frotte l'arête du nez de son majeur. Puis, voyant Fernand, qui s'était assis sur le bord de sa paillasse, les yeux fixant le sol et les épaules légèrement rentrées, lui demande de lui décrire avec le plus de précision possible les sévices dont il a été l'objet. Fernand lève son visage. Ses yeux sont creusés, violacés, le teint hâve, la barbe lourde. Puis se lève et, sans parler, ôte son maillot de corps. Smadja hausse les sourcils. Des ecchymoses, des croûtes, des plaques. Partout.

Hélène dépose un pull-over, un pantalon, une veste et une chemise dans une boîte en carton rectangulaire. Il faut que Fernand soit présentable, demain, pour le procès. Il est hors de question qu'un plumitif puisse de nouveau écrire qu'il est un débraillé ou un cochon. Elle prend les clés sur la commode, après avoir ramassé les morceaux déchirés du journal tombés sur le carrelage, puis le trolleybus jusqu'au centre. Elle se rend à la réception de la prison et demande, en sa qualité d'épouse, à ce que l'on remette sans délai ce colis au prisonnier Fernand Iveton, numéro d'écrou 6101. Le préposé refuse, arguant qu'elle ne respecte pas la procédure habituelle et qu'il est impossible d'adresser des objets aux détenus sans avoir, au préalable, etc. Hélène lui fait savoir qu'elle ne bougera pas de là tant que Fernand ne l'aura pas reçu en main propre ; le préposé persiste et signe dans sa petite moustache rousse. Dans ce cas, appelez le directeur, je demande à m'entretenir avec lui. Le préposé hésite. Hélène le fixe, comme elle fixait tout à l'heure monsieur Trémand, le patron, elle le fixe jusqu'à ce qu'il cède, ce qu'il fait déjà puisqu'il décroche le combiné et exige de parler au directeur de la prison. Deux CRS l'accompagnent jusqu'à son bureau. Elle saisit la main qu'il lui tend sans attendre. Le directeur sourit et lui prie de prendre place sur l'un des trois sièges. Il est touché par sa ténacité, avoue-t-il sans se départir de son sourire. Je ne me moque pas de vous, je vous assure, bien des prisonniers aimeraient connaître une femme comme vous. On m'a déjà communiqué tous vos appels et courriers, depuis deux jours : quelle ténacité, quelle obstination ! Hélène est quelque peu déroutée par le ton de son interlocuteur. Elle pose le paquet devant elle et lui explique qu'elle tient impérativement (elle détache les syllabes) à ce que son mari porte des vêtements propres pour son procès. C'est la moindre des choses, répond le directeur en s'en emparant. Nous le ferons contrôler, naturellement, vous deviez vous en douter, mais je vous donne ma parole qu'il lui sera remis si le contenu est conforme à notre règlement. Hélène le remercie.

Puis sent, une fois sortie, la présence de policiers en civil, ou de membres des services de renseignement, qu'importe, elle se retourne, avise les passants, persuadée que plusieurs d'entre eux la suivent. Perd-elle la raison ? Non, non. Elle poursuit sa route, se retourne. Un homme s'arrête, demande une cigarette à un vendeur ambulant, un jeune garçon arabe, il s'est arrêté lorsqu'elle s'est retournée, pile à ce moment elle ne rêve pas, non, elle n'est pas folle. Hélène lui crie de foutre le camp.

Bonne soirée, oui, bon courage surtout, Fernand, dit Smadja en lui tapotant l'épaule d'une paume malhabile. L'avocat toque à la porte de la cellule. Trois coups. Le gardien l'ouvre et Fernand salue une seconde fois le commis d'office.

La radiographie a révélé *une tache d'opacité sur le lobe du poumon droit*. Fernand ne sait précisément ce que cela peut bien signifier, sinon que la longueur de l'énoncé invite à prendre ce qu'il tenait pour un simple coup de froid, attrapé après un match en Algérie, pour un mal plus conséquent. Très probablement la tuberculose. L'hôpital de Lagny lui a vivement recommandé de se rendre à Paris *dans les plus brefs délais*, chez un confrère, afin d'approfondir l'examen. Fernand n'est pourtant pas très inquiet. Sa nature a coutume de remplir les verres à moitié pleins à la grande tablée de l'existence – le bonheur a chez lui partie liée avec l'ordinaire : il n'a pas la prétention de plus qu'il ne peut et se déploie, dans l'évidente modestie d'une étoffe plissée, sans bruit, sans heurt, seulement une sorte de bien-être qui n'a nul besoin d'en tirer fierté.

Hélène vient de finir son service, les mollets légèrement endoloris par le piétinement (il y eut, ce soir, bien plus de clients qu'à l'ordinaire, et ce sans raison apparente). Fernand se trouve dans sa chambre, à l'étage du Café bleu, allongé sur la couverture de son lit, en pantalon, lisant *France Football*. Le Lille OSC vient tout juste de remporter la Coupe de France face au FC Nancy. 2 à 1. Fernand connaît l'un des buteurs, Jean Vincent, du moins le connaît-il par la presse et pour avoir suivi certains de ses matchs, une bouille sympathique le Vincent, front haut, nez de Sioux. Un beau but à la dix-septième minute. On toque à sa porte. Il se lève, étonné, qui donc peut venir à, il regarde sa montre, venir à 22 h 40, l'ouvre, c'est Hélène. J'espère que je ne vous dérange pas ? Sa présence, plus que la question qu'elle induit, le saisit à l'os : le voilà nu, livré à la stupeur. Non, bien sûr que non… Entrez, je vous en prie.

Elle a marché toute la soirée, dit-elle, elle voulait s'asseoir quelques minutes avant de rentrer à pied à son domicile. Fernand peine à croire ce qu'il entend, elle est audacieuse cette petite, monter jusqu'ici, à cette heure fort peu raisonnable, les voisins de palier qu'elle pourrait croiser et qui s'en donneraient à cœur de joie de jacter… Vous lisiez quoi ? Ah, encore du football ! Fernand proteste : il a *L'Huma* juste là, à côté, au pied du lit. Je ne sais pas si c'est tellement mieux. Elle rit. Fernand se demande alors s'il la préfère lorsqu'elle rit, ainsi, la tête qui glisse vers l'arrière, le cou qui se dégage sans pourtant s'offrir, cygne mutin, ruban clair de printemps, ses petits chicots blancs battant des ailes et ce son un peu aigu, fluet, fragile, Fernand s'égare, s'il la préfère rieuse ou grave, comme elle sait si souvent l'être aussi, son pli entre les deux sourcils qui se marque plus encore, délicate ornière, et cet air tragique, ce regard slave tout comme sorti d'un bouquin de Dostoïevski (du moins, c'est l'image qu'il s'en fait, là aussi, puisqu'il avait abandonné *Crime et châtiment* au chapitre trois de la première partie – il se souvient seulement d'une phrase, bien belle au demeurant s'était-il dit : la mère du héros, celui dont le nom s'avère impossible à mémoriser, lui avait écrit une lettre qu'elle concluait par *Je t'embrasse mille et mille fois, à toi jusqu'au tombeau*, c'est joli, ça, il se l'était dit). Question idiote. Il n'y a pas à choisir, il l'aime rieuse et grave, deux couleurs d'un même avenir.

Il n'y a qu'un lit dans la chambre, pas même un tabouret, une malle, rien, Hélène reste debout et Fernand devine sa gêne. Tenez, lance-t-il aussitôt pour l'écarter, je ne vous ai pas dit : j'ai reçu une lettre de l'hôpital ce midi, ils ont diagnostiqué un petit quelque chose à l'intérieur, un poumon qui fait l'intéressant, *tache d'opacité sur le lobe*, qu'ils disent, Fernand se reprend, disent-ils, c'est rigolo comme phrase, *tache d'opacité sur le lobe*, vous ne trouvez pas ? Hélène lui répond qu'il faut prendre tout ceci plus au sérieux. Le souci, c'est qu'il faut que j'aille sur Paris. Et vous parlez d'un souci, coupe Hélène, c'est à trente kilomètres d'ici, ce n'est rien ! Vous savez, je suis pas de chez vous, moi, trente bornes c'est long à dos de chameau. Hélène pouffe, vous êtes bête. Fernand lui demande, je sais que j'abuse, Hélène (il aime prononcer son prénom en face d'elle, en la regardant bien droit, sans cligner, l'impression, aussi sotte que furtive, sans doute, de la posséder déjà un peu…), mais pensez-vous que, Hélène le coupe de nouveau, ne vous donnez pas ce mal avec vos politesses, cessez donc vos chichis avec moi, je vous y conduirai si ça peut vous aider. Fernand la remercie. Un silence s'ensuit. Un ange passant armé jusqu'aux dents. Il est tard, il faut que je file. On se revoit bientôt je suppose, Fernand hoche la tête, il l'espère aussi, de toute façon il faut aider Clara en bas, on se recroisera forcément. Il se lève pour la raccompagner à la porte. Protégez votre cou pour sortir, Hélène, il faudrait pas attraper une *tache d'opacité* quand même...

Paris croule sous les linges lourds du ciel.

Le soleil crachote ses écailles blanches. Hélène porte des talons et un foulard à rayures, les jambes croisées sous la table circulaire d'un café en terrasse. Sur le trottoir, une femme tient son portefeuille et une baguette de pain dans la même main, un couple hèle un taxi (lui, grand échalas la chemise bleue retroussée jusqu'aux coudes ; elle, des gants beiges et une jupe orangée à motifs jaunes), un homme en imperméable court et traverse sans marquer d'arrêt, la maréchaussée sur la place agite son bâton, le métro à l'angle inspire et expire ses passants d'un même élan... Hélène raconte à Fernand la guerre, la sienne en tout cas, celle qui vit une partie de sa famille se faire massacrer par les Allemands en Pologne. Un de ses oncles, Sławomir, avait été torturé une nuit entière par un officier nazi avant d'être achevé au sabre. Ses parents – son père, précise-t-elle, était alors encore en France, il n'est reparti là-bas qu'en 48 – avaient caché des Juifs durant l'Occupation et elle nourrissait, quant à elle, le frère d'une amie, un jeune résistant qui vivait dans la clandestinité et participait à un réseau dont elle ignorait le nom. Elle ne sut jamais de quelle façon mais cela se sut un jour : les autorités vichystes la convoquèrent par courrier, c'était un mardi, croit-elle se souvenir, à la préfecture de Chartres. Elle pensa qu'il valait mieux ne pas s'y rendre et fuir : puisqu'elle possédait la nationalité suisse par son époux, qu'elle avait toutefois quitté avant la guerre, elle se réfugia jusqu'à la fin de celle-ci à Lausanne. Le cafetier vient de mettre un vinyle de Mouloudji sur son tourne-disque. *J'ai le mal de la nuit De la nuit de Paris Quand les filles vont et viennent À l'heure où moi je traîne…* Hélène s'arrête brusquement de parler pour écouter. Elle aime bien cette chanson, dit-elle ; Fernand fait semblant de la connaître et abonde en son sens, un joli morceau oui, j'aime bien le refrain, il donne envie de danser…

Il règle l'addition puis s'en vont marcher en direction de Saint-Michel. Fernand avait passé trois jours à Paris à son arrivée ; il avait logé à Pigalle chez son grand-père, un concierge qui travaille dans le quartier des Grandes-Carrières, dans le 17ᵉ arrondissement, et vend *France-Soir* sa journée achevée pour mettre du beurre dans les épinards (qu'il n'apprécie d'ailleurs pas beaucoup). Il avait proposé de les héberger afin qu'ils économisassent l'hôtel. Vous allez voir ce soir, il est adorable, poursuit Fernand, et je pense qu'il va beaucoup vous aimer ! La Seine verdit leur droite. Longue coulée dans laquelle se maquillent les nuages. Ils passent devant un cinéma et regardent ensemble les affiches : *Le Retour de Don Camillo*, *Jeunes mariés*, *L'enquête est close* et *La Loi du silence* – un Hitchcock. Fernand ne va pour ainsi dire jamais au cinéma mais Hélène se le permet, parfois, dans l'année, lorsqu'il lui reste un peu de sous. La guerre, nous disions ? Oui, son frère, reprend-elle, s'était également engagé dans la Légion étrangère lorsque l'Allemagne s'empara de la Pologne. Leurs ombres se touchent sur le bitume.

Oh, vous savez, ce n'est pas facile tous les jours là-bas, faut pas croire : le soleil oublie parfois de donner le change. Le grand-père avait préparé un gratin d'aubergines. Les autorités françaises ne veulent pas tendre l'oreille aux revendications des musulmans, des "indigènes" comme ils disent. C'est absurde, en plus d'être obscène. Ça va nous conduire droit dans le mur, croyez-moi, sans virages ni rien de tout ça, le nez contre la brique. Hélène l'écoute attentivement. J'ai plus les dates en tête, vous m'excuserez, mais ce qui est sûr c'est que ça fait des années que les Arabes s'organisent pour qu'on les entende, pour obtenir l'égalité entre tous, entre chaque communauté, chez nous, en Algérie. Ils crient dans le désert. Rien. Zéro. On les envoie derrière les barreaux et on boucle leurs partis, on les dissout, on les réduit au silence et on se pousse du col, la Culture, la Liberté, la Civilisation, tout leur défilé de majuscules, quoi, ça parade ça parade, ça se mousse dans les miroirs, plus ça brille mieux c'est, faut voir comme ils aiment ça. Le jour où la France s'est libérée, je parle de la métropole, bien sûr, je vous le redis, pour moi l'Algérie c'est l'Algérie, je crois plus à leurs histoires de départements français, c'est du parchemin, ça, du silex, c'est fini, voyez l'Indochine en ce moment, Hô Chi Minh il leur avait bien dit qu'il fallait tourner la page, personne l'a écouté et voyez où on en est... Oui, donc, le jour où la France était en fête après la victoire contre les Allemands, je sais pas combien de musulmans, des milliers, pas moins, ont été massacrés au pays, à Sétif, à Guelma, ça doit rien vous dire ces noms-là, c'est à trois cents et cinq cents bornes d'Alger. Enfin, on m'a raconté des histoires, j'oserais à peine vous les répéter, je vous assure. Surtout qu'on est en train de manger – d'ailleurs, Grand-père, que je te le dise quand même : ton gratin, c'est pas qu'il est délicieux, ça, non, ce serait lui faire offense que de dire ça, il est… (Fernand agite ses mains), il est sans mots, quoi, il faut que je cherche dans d'autres alphabets pour le décrire, ton gratin (le grand-père rit, regarde Hélène, puis Fernand, sacré p'tit gars toi, vous allez voir, chère mademoiselle, c'est un sacré p'tit celui-là). Hélène sourit et essuie le coin de ses lèvres avec sa serviette. Fernand reprend : je ne vous embête pas avec ces histoires ? Oh non, pas du tout, ça m'intéresse vraiment, au contraire. Fernand passe son doigt sur sa moustache et reprend : je suis né en 26, j'avais même pas vingt ans à ce moment mais je me souviens très bien de ce que les Arabes me racontaient quand j'allais leur parler. Des histoires à plus dormir. Des gens brûlés vivants avec de l'essence, les récoltes saccagées, les corps balancés dans les puits, comme ça, on les prend on les jette, on les crame dans des fours, les gosses, les femmes, tout le monde, l'armée a tiré sur tout ce qui bougeait pour écraser la contestation. Pas que l'armée, d'ailleurs, il y avait des colons et des miliciens également, tout ce petit monde se prenait par la main, c'était une sacrée danse… La mort, c'est une chose, mais l'humiliation ça rentre en dedans, sous la peau, ça pose ses petites graines de colère et vous bousille des générations entières ; je me souviens d'une histoire qu'on m'a rapportée, ça s'est passé à Melbou, il n'y a pas de sang mais c'est peut-être pire, le sang ça sèche plus vite que la honte : on a obligé des Arabes à se mettre à genoux devant le drapeau tricolore et à dire *nous sommes des chiens, Ferhat Abbas est un chien*, Abbas c'est un de leurs chefs, et encore, il est modéré, lui, il porte la cravate, il veut même pas l'indépendance complète, il demande simplement la justice. Même un modéré on lui oppose le mépris. C'est un journaliste français qui a vu tout ça, je vous raconte pas des bêtises.

Hélène ne sait de l'Algérie que ce que la presse hexagonale en dit, c'est-à-dire rien, sinon les capucinades et les foutaises d'État. Fernand se lève pour aider à débarrasser la table afin de laisser place au plateau de fromages. Le grand-père prie Hélène de rester assise, ce n'est pas tous les jours qu'il reçoit de la visite, qu'elle en profite. Comment voit-il l'avenir ?, lui demande-t-elle une fois qu'ils se sont rassis. Fernand passe la paume de sa main dans ses cheveux. Il ne sait pas vraiment. Ce dont il ne doute guère, en revanche, c'est que la situation ne pourra aller que de mal en pis. Le statu quo n'est plus de mise. Quelques-uns parlent de prendre modèle sur les Vietnamiens, de se soulever par les armes et de gagner le maquis, mais beaucoup, précise-t-il, n'y croient pas. Fernand, lui, n'aspire qu'à une seule chose : que l'Algérie de demain finisse, de gré ou de force, par reconnaître chacun de ses enfants, d'où qu'ils viennent, lui ou ses parents et grands-parents, qu'importe, arabe, berbère, juif, italien, espagnol, maltais, français, allemand… Des millions de gens sont nés sur cette terre et quelques possédants, quelques petits barons sans foi ni loi, régentent le pays avec l'aval, et même l'appui, des gouvernements français successifs : il faut en finir avec ce système, débarrasser l'Algérie de ces roitelets et fonder un nouveau régime sur une base populaire, celle des travailleurs arabes et européens, ensemble, les gens modestes, les petits et les modiques de toutes les races unis pour mettre à bas les voyous qui les rançonnent et les oppriment. Le grand-père se gausse : voilà qu'il reprend ses lubies de communiste, l'écoutez pas mademoiselle Hélène, l'écoutez pas, c'est la mer en crue quand il s'y met et toutes les digues s'effondrent!

Au sol, ses cheveux comme un pigeon écrasé.

Les ciseaux mènent à bien leur office : Fernand a bientôt le crâne à ras. On lui incline le visage sur la gauche, la lame du rasoir passe sur la joue et râpe la barbe qui, depuis son arrestation dix jours auparavant, commençait sérieusement à pousser. Il est assis sur une chaise. Deux gardes armés veillent au bon déroulé de l'opération. Fernand regarde les touffes brunes éparpillées par les semelles de celui qui le tond. Il est sept heures du matin.

On lui présente un colis que sa femme a tenu à lui remettre, des vêtements propres pour son procès. Il les enfile. Les gardiens ne prennent pas la peine de se retourner. Un fourgon l'attend en bas de la prison. Il y prend place, les mains menottées dans le dos, la tête inclinée vers le bas. Il n'a rien dit depuis son réveil : il se méfie des mots, à présent, il sait qu'on peut les arracher par la force et les retourner comme un gant. Le tribunal militaire se tient rue Cavignac. Les journalistes et les photographes se pressent et la foule joue des coudes. Hélène est venue avec le père de Fernand et sa seconde épouse. Elle a raccourci ses cheveux hier soir, du moins une amie de son quartier les lui a coupés, sans trop savoir pourquoi, seulement pour penser à autre chose ne fût-ce que trente minutes. Pascal, le père, ne desserre pas les mâchoires. Il a très peu dormi. Yeux grisâtres, renflements violacés. Tout le long du chemin, Hélène a répété à ses beaux-parents qu'il ne faudra surtout pas pleurer en public, ne pas afficher la moindre marque de faiblesse ou de peur, ils seraient, tous, la presse et le public, trop heureux de siroter un peu de leurs tourments.

Les portes du tribunal s'ouvrent et chacun de s'y engouffrer. Nuée d'oiseaux de malheur. C'est la femme d'Iveton, c'est elle, crie-t-on déjà. Qui a bien pu la reconnaître ? Hélène ne se retourne pas, elle laisse les interjections grossir, boules de bave et de haine roulant dans son dos. Soudain, on la bouscule (trop rudement pour qu'elle puisse songer à quelque hasard), elle répond d'un coup de coude, toujours sans se retourner. Elle ne veut pas présenter sa tête à ceux qui espèrent faire tomber celle de celui qu'elle aime. La salle, petite, déborde de curieux. Sur un balcon, une vingtaine de soldats armés. Ils s'assoient aux places indiquées. Sept juges entrent lorsque le public a fini de s'installer – tous revêtent des uniformes militaires. Granjean, Pallier, Longchampt, Nicoleau, Graverian, Valverde et Roynard, tels sont les patronymes de ceux qui, colonel, capitaine ou sous-lieutenant, s'apprêtent à juger un traître.

Deux gendarmes conduisent Fernand jusqu'au box des accusés. Il avance la tête basse, les joues creusées davantage que de coutume. Hélène met quelques secondes à réaliser qu'il s'agit bien de lui, dans quel état l'ont-ils mis, se dit-elle, le ventre immédiatement comprimé, tordu, étouffé par l'angoisse et la peine. Elle se rappelle ses propres recommandations : ne rien montrer, ne rien lâcher. Elle le regarde, bel amour, avec ce crâne presque chauve, ce regard vague, si vague qu'elle ne peut dire *son* tant ce regard de bête ne dit plus rien de l'homme qu'il est, regard abattu, absent, sa bouche fermée comme condamnée à le rester, ce visage osseux, masque de cadavre sur un corps captif... Ils ont même rasé sa moustache, ces ordures. Fernand la cherche des yeux dans l'assistance. Il passe en revue chaque visage avec l'espoir de tomber sur celui sans qui il craint de n'être plus grand-chose. Même s'ils ne se parlent pas, la seule présence d'Hélène lui permettra de faire face à ce quarteron d'inquisiteurs en treillis. Il finit par la voir, entourée de ses parents, il sourit, elle a coupé un peu ses cheveux, relève-t-il, ses yeux bleus crépitent au loin, deux loupiotes dans la nuit de la Justice. Il s'assoit. Elle lui fait signe, mais il ne comprend pas, de fermer le dernier bouton de sa chemise. Il fronce les sourcils, elle agite ses mains. En vain. Les journalistes s'interrogent : de quel code s'agit-il ?

Le président entame la lecture de l'acte d'accusation avant de déclarer qu'il encourt *la peine de mort*, sauf à déterminer, et donc à prouver, l'existence de *circonstances atténuantes*. Puis il interroge directement Fernand. Oui, je suis un militant communiste. Fernand a redressé la tête. Il le regarde. Et poursuit sous l'oreille attentive du greffier : "J'ai décidé cela parce que je me considérais comme algérien et que je n'étais pas insensible à la lutte que mène le peuple algérien. Il n'est pas juste, aurait-on dit, que les Français se tiennent en dehors de la lutte. J'aime la France, j'aime beaucoup la France, j'aime énormément la France, mais ce que je n'aime pas, ce sont les colonialistes." Sifflets et exclamations dans le public. "C'est pourquoi j'ai accepté." Le président lui demande s'il comptait, au sein de sa cellule militante, agir par *tous* les moyens. Fernand répond : "Pas tous. Il y a plusieurs formes de passage à l'action. Dans l'esprit de notre groupe, il n'était pas question de détruire par tous les moyens ; il n'était pas question d'attentat à la vie d'un individu. Nous étions décidés à attirer l'attention du gouvernement français sur le nombre croissant de combattants qui luttent pour qu'il y ait plus de bonheur social sur cette terre d'Algérie." Fernand avait la veille pensé à quelques phrases qu'il pourrait prononcer avec clarté et précision. Il avait ordonné son propos afin que l'on ne puisse le prendre au dépourvu. Parler calmement, d'une voix tiède et sereine (en apparence, du moins), et ne rien céder sur son engagement et la force de ses convictions. Il précise qu'il avait choisi un lieu, où poser la bombe, dont il savait qu'il était désert. Hélène le regarde, elle le voit de profil, son visage carré, anguleux, son beau nez pointu. De la fierté, à l'évidence, mais pas seulement : une irrépressible envie de le prendre dans ses bras et de le sortir de ce trou à rats. On fait état de ses liens d'amitié avec le traître Maillot, Henri Maillot, et le président lui demande s'il avait songé aux dégâts que sa bombe eût pu commettre si elle n'avait pas été découverte à temps. "Elle n'aurait fait tomber qu'une ou deux cloisons. Je n'aurais jamais accepté, même sous la contrainte, de faire une action qui puisse entraîner la mort. Je suis sincère dans mes idées politiques et je pensais que mon action pouvait prouver que tous les Européens d'Algérie ne sont pas anti-Arabes, parce qu'il y a ce fossé qui se creuse de plus en plus…" Le président Roynard hausse les épaules et, théâtral, s'étonne qu'il espère rapprocher les populations en fomentant des attentats. Le directeur des laboratoires de recherche a rendu son rapport : il explique, en effet, qu'un tel engin explosif n'a qu'une portée de trois à cinq mètres et qu'il n'était pas en mesure d'abattre une cloison de maçonnerie. Roynard assure toutefois que les bombes du Milk-Bar et de La Cafétéria ont provoqué la mort de quantité d'innocents, il y a peu, et que la démarche de Fernand n'est pas sans rappeler ces actes infâmes. L'accusé s'inscrit en faux et tient à ce qu'on le juge sur son propre cas et non sur des actions avec lesquelles il n'entretient aucun lien. On fait parler Oriol, le contremaître. C'est donc bien lui qui a balancé, songe Fernand. Oriol assure que le local n'était en rien désaffecté et qu'il peut y avoir du passage – à commencer par lui qui, chaque jour, à 17 h 45 effectue une ronde à proximité. Un ingénieur entérine, affirmant que lui aussi s'y rend quotidiennement. Fernand l'interpelle, presque brutalement : "Quand avez-vous eu besoin d'y aller la nuit ?" Perturbé, l'ingénieur répond que personne ne s'y est jamais rendu, il est vrai, depuis quatre ans qu'il travaille à l'usine. Lui succèdent à la barre un commissaire et un officier de police. Puis Fernand, debout, soulève brusquement sa chemise après avoir discrètement déboutonné sa veste durant le témoignage de l'officier, et lance qu'il doit dénoncer les atrocités commises sur sa personne. "Dix jours après, j'en porte encore les traces ! On m'a torturé !" Il crie. La salle bouillonne et s'agite. On demande du silence. Ses deux avocats, Laînné et Smadja, exigent qu'un médecin ausculte l'accusé. Le tribunal accepte – mais par un médecin de l'armée…

L'audience est suspendue.

La salle se vide, lente goulée d'âmes en attente d'un peu de sang épais et vif. Hélène, de sa main, envoie un baiser à Fernand. Les deux gendarmes qui l'avaient conduit dans la salle le poussent dans une pièce adjacente. Fernand s'assied sur un banc. Il pense avoir parlé du mieux qu'il a pu et espère s'être montré convaincant. On ne pourra pas l'exécuter pour une bombe qui n'a pas sauté et qui, en outre, le directeur des laboratoires de recherches en a même convenu, n'eût pas fait de mal à une grosse mouche… Fernand n'est donc pas anxieux. La France, fût-elle une République coloniale et capitaliste, n'est pas une dictature ; elle saura faire la part des choses ; elle saura dénouer le vrai du faux et lire entre les lignes ennemies. Un homme entre, il s'agit du médecin. Ils se saluent et l'homme, trapu et les sourcils singulièrement fournis, inspecte le torse de Fernand après qu'il a ôté ses vêtements. Le cou, le ventre, les omoplates. Fernand lui fait savoir qu'il a également été torturé sur le reste du corps et, sans attendre de réponse, déboutonne son pantalon. Bien, bien, note le médecin qui, depuis le début, n'a pas tenu à croiser une seule fois le regard du prévenu. Je vais établir un rapport de ce pas afin que les juges puissent en avoir connaissance avant la reprise du procès, à quinze heures. Fernand le remercie.

On lui apporte de quoi se nourrir puis le procès reprend. Le Commissaire du gouvernement déclare que quelle qu'ait pu être l'intention de Fernand – tuer ou ne pas tuer des innocents – le crime reste le même. Et le rapport médical d'être lu : l'accusé porte "des cicatrices superficielles sur le torse et les membres" mais, au regard de leur ancienneté, "il est impossible de se prononcer sur les causes exactes de ces marques". Fernand demande la parole, on ne la lui donne pas, et le Commissaire poursuit : au nom des enfants sacrifiés dans les cafés, il importe de punir les criminels. Solennel, l'Histoire assise sur le bout de sa langue, il conclut : "Vous penserez aussi à la France dont le prestige et le rayonnement dans le monde sont flétris par des actes aussi monstrueux !" La peine de mort est donc à ses yeux requise. Smadja s'élève contre le peu de temps – et c'est peu dire, messieurs les juges ! – que les autorités ont accordé aux avocats pour préparer la défense de leur client. L'ambiance délétère, poursuit-il, cette ambiance glacée, ivre de ressentiment et de colère, n'est pas propice au bon examen de l'affaire : il ne faut pas juger Iveton sur les attentats commis par d'autres mais sur son acte personnel, et seulement cela. Smadja parle d'une voix claire et haute, sans bouger le corps. Il a été prouvé que le local était désaffecté, prouvé par divers témoins, et il convient d'entendre la sincérité de son client lorsqu'il affirme, avec force, qu'il ne voulait, et ne pouvait, en termes logistiques, attenter à la vie de quiconque. Laînné entérine et, le corps massif, large animal de corrida, enfonce le clou de la défense : "Pour une fois, je suis pleinement d'accord avec l'accusation. Le Commissaire du gouvernement a dit : « Le prestige de la France est en jeu. » La France est le pays du droit ! L'atmosphère qui entoure le cas personnel qui vous est dévolu est lourde, triste, endeuillée par des actes effroyables qui requièrent une sévérité entière. Seulement, à cause de cela, la justice veut que vous ne vous laissiez pas échouer sur des écueils qui pourraient vous attendre." Bruissements dans la salle. Quelques huées. Et Laînné d'improviser une attaque contre le Parti communiste qui aurait instrumentalisé son client, gentil garçon, par trop naïf et armé avant tout de bonnes et belles intentions. L'avocat sait que cet argument, au regard de l'anti-communisme féroce du tribunal et du pouvoir, pourrait peut-être plaider en faveur des circonstances atténuantes. Fernand s'étonne de pareille défense. Il n'a jamais rencontré ce Charles Laînné mais Smadja lui a répété qu'il était un nom connu et respecté de ses pairs. Sans doute sait-il ce qu'il fait… Et Laînné d'en appeler à la clémence des juges : oui, Iveton doit être châtié mais il doit, pour ce faire, rester en vie afin d'expier sa faute (Fernand, en entendant le verbe *expier*, se rappelle que Smadja l'avait également présenté comme un fervent chrétien). Tout de même, il serait dommageable que l'on puisse croire qu'il a agi sous l'emprise de quelqu'un ; Fernand prend une dernière fois la parole et, posément, explique de nouveau qu'il ne pouvait rester insensible à l'évolution de *son* peuple, celui des Arabes et des Européens unis ensemble. "Je devais participer à son action. Mais jamais, je le répète, je n'aurais voulu participer à une action devant entraîner la mort de quelqu'un, même si on m'y avait contraint."

Le tribunal annonce qu'il se retire afin de délibérer et rendre son jugement.

Le grand-père devait s'imaginer qu'ils étaient en couple : il n'y a qu'un seul lit et pas un matelas au sol. Hélène et Fernand ne disent rien mais n'en pensent pas moins. Elle dénoue ses cheveux tandis qu'il délace ses souliers. Si vous voulez, fait-il, je peux dormir par terre : le sol n'est pas très dur et puis j'ai un bon dos. Je ne sais pas, faites comme ça vous arrange, je m'en voudrais que vous passiez une mauvaise nuit… Non, ne vous inquiétez pas pour moi, vraiment, j'en ai vu d'autres. Hélène sourit en guise de réponse. Elle n'ose pas lui avouer qu'elle le préférerait à ses côtés, sous cette couverture rêche – peut-être le prendrait-il mal ? peut-être, puisqu'il ne consent toujours pas à la tutoyer, est-ce prématuré ? Fernand ne retire pas son chandail de crainte de sembler trop entreprenant. Il saisit l'un des deux oreillers et tire une couette de la penderie, puis s'allonge dedans après avoir pris soin de matelasser le parquet d'un des pans de celle-ci. Hélène sort dans le couloir se brosser les dents. La lumière de la chambre est éteinte. Elle revient, se glisse dans le lit. Bonne nuit Hélène, dormez bien. Vous aussi.

Soleil en tessons brisés.

Brûle la capitale par coupes franches.

Ils marchent le long du canal Saint-Martin, quai de Valmy. L'hôpital vient de lui remettre les résultats de son examen : *présence de bacilles aérobies dans l'organisme* – autrement dit, il s'agit bien d'une tuberculose. Mais le médecin a tenu à se montrer confiant, lui certifiant que son état n'était pas grave (toux, très légère perte de poids, mais aucune expectoration sanglante) et qu'un traitement suivi jusqu'à son terme en viendrait sans peine à bout. Combien de temps restez-vous en France ?, demande-t-elle. Je ne sais pas encore, quelques mois peut-être, tout dépendra de l'évolution de ma maladie. L'Algérie vous manque ? Ça dépend des moments, répond-il. Jamais quand vous êtes là en tout cas. Elle allume la cigarette qu'elle triturait depuis quelques instants. Fernand ne quitte pas ses poignets des yeux. Ses longs doigts fins et graciles. Chair souple et blanche. Le papier du cylindre à ses lèvres. La fumée serpente, presque verticale, puis s'étale en nœuds bleus. La langue ne se devine pas. Les dents claires. Elle souffle la seconde bouffée par le nez, légèrement bombé en son centre, oui, il s'est déjà fait cette réflexion. Son silence l'embarrasse. Vous savez, lance-t-il lorsqu'elle porte la cigarette à sa bouche pour la troisième fois, je pense à ça en voyant les oiseaux, là, sur l'arbre, lorsque j'étais gosse on avait un jeu, un drôle de jeu à bien y songer, on essayait d'attraper des moineaux avec des bouts de bois qu'on enduisait de glu, on leur courait après ou, au contraire, on les épiait, délicatement, doucement, on attendait le bon moment pour approcher le bâton d'eux et les immobiliser dans la colle. Hélène affiche un rictus de dégoût. Oui, on n'était pas très finauds, je vous l'accorde. Les gosses, quoi, misère des morves aux nez. Puis on les mettait dans des cages et on leur donnait des noms. Hélène ne se défait pas de son silence. Quelque chose ne va pas, Hélène ? C'est mon histoire qui… ? Non, pas du tout, ne vous tracassez pas pour ça, non, je me disais simplement, et j'espère que vous n'allez pas m'en vouloir, que je vous ai caché quelque chose, du moins, je ne vous l'ai pas dit, j'ai, j'ai un fils, à vrai dire, il a treize ans, il s'appelle Jean-Claude.

Ils ont fait halte à hauteur d'une écluse, face à l'Hôtel du Nord. Les feuillages passent le ciel au tamis. Des moucherons glissent dans les plis de lumière. Les vaguelettes vertes rebondissent en serpents jaunes sur la pierre moussue. Air âcre, humide, presque croupi. L'eau qui coule étouffe les bruits à l'entour et semble soudain les sortir de la cité. Ils haussent la voix. Un fils, oui. Fernand s'étonne bien plus de l'omission que de ce qu'elle implique. Je ne sais pas, poursuit-elle, une femme seule avec un enfant, c'est une chose mal vue, je craignais, je crois, que vous ne me jugiez de ça, c'est un peu bête, je sais… Fernand lui demande s'il peut tirer sur sa cigarette. Il n'a dû fumer que trois ou quatre fois dans sa vie. Pour les grands événements. Il rit. Elle divorça de son mari – un Suisse, coupe Fernand, oui, un Suisse – alors que Jean-Claude n'avait que huit mois, oui, ça n'arrange rien à mon cas… Je l'avais épousé pour pouvoir vivre loin de chez moi mais nous n'étions vraiment pas faits l'un pour l'autre, nous avons cet enfant en commun, c'est à peu près tout. Ce n'est pas rien, dit Fernand en lui tendant la cigarette qu'elle porte ensuite à ses lèvres. Il n'a jamais vu son fils grandir, je ne sais même pas si on peut dire qu'il est père. La séparation a été, disons, disons qu'il y a eu des cris et une casserole lancée contre une porte…

Fernand rit de nouveau. La cigarette est consumée. Hélène la jette en direction de la route, à leur droite. Fernand la regarde, plissant des yeux, et, prenant un air grave, exagérément grave, une chose me tracasse bien plus que cette histoire d'enfant caché, c'est votre cigarette. Pardon? Mes bacilles aérobies, mes vilains petits bacilles, ils sont peut-être contagieux vous ne croyez pas? À tous les coups je viens de vous refiler ma tuberculose et, vu la taille de vos poignets, je ne miserais pas cher sur vos chances de survie. Hélène s'esclaffe. Idiot, va. Elle a dit *va*, songe aussitôt Fernand. Ils se regardent, adolescents. Trouvons un petit restaurant pas loin d'ici, propose-t-il, je commence à mourir de faim!

Hélène feuillette *L'Huma* du jour, allongée sur le ventre, les jambes croisées, tenues dans un collant gris. Fernand est assis sur le bord du lit, cirant ses chaussures. La chambre sent le tabac froid. Quatre mégots dans le cendrier en porcelaine fêlée, sur la table de chevet. Sa jupe est rayée à l'horizontale. Lorsqu'il tourne légèrement la tête sur la gauche il ne voit d'elle que le bas de son dos et ses jambes, nus pieds. Elle a posé ses chaussures à talons plats près de la porte. L'une à côté de l'autre, tenue du geste. Il devine sans mal l'arc de ses fesses, qui tendent le tissu à rayures roses. Volumes fermes de la peau. Pleine ampleur, animale. Il décèle le tracé de sa lingerie. Lignes de fuite sacrilèges. Elle ne bouge pas, ses jambes sont à l'équerre et forment un parfait angle droit. Elle vient de tourner une page du périodique. Lit-elle vraiment ou fait-elle semblant?
Fernand pose sa chaussure et le chiffon enduit de cirage noir sur le parquet. Frotte ses mains dans un

mouchoir qu'il sort de son pantalon. Puis se tourne vers elle, du moins tourne son corps pour prendre place, assis, dos au mur, les jambes allongées droit devant lui. Que lis-tu ? Rien, enfin si, la tentative de putsch en RDA, en tout cas c'est ce qu'ils racontent. Elle se redresse et lui montre l'article en question, l'état de siège a été proclamé et les contre-révolutionnaires à la solde des Occidentaux sèment le chaos dans Berlin-Est. Je connais mal, fait Fernand. De la propagande comme en Pologne, que des conneries, tranche Hélène. Elle a à présent le dos collé contre le mur de la chambre. Elle ajuste l'oreiller pour plus de confort puis déplie ses jambes, insolence absolue des genoux et des mollets, parallèles à celles de Fernand. Elle est belle, belle à se crever les yeux de crainte de la voir s'en aller, se perdre, filer dans d'autres bras. La lumière de la pièce ourle le cercle de sa pommette droite. Rosace, boule de soie.

Il déplace lentement sa main et effleure son avant-bras.

Elle ne bouge pas.

Se laisse faire.

Ordre est donné au temps de se taire. Parfum comme en suspens. Son majeur caresse quelques centimètres de sa peau, se rapprochant peu à peu du poignet. Pointe de l'os. Quelques poils blonds et fins. Elle avance son visage vers le sien et colle ses lèvres sous la moustache drue de Fernand. Nœud moite des langues. Il passe sa main dans ses cheveux et l'enveloppe à présent de ses bras lourds, de son dos large, de son torse sec contre le sien, sirène des eaux de l'Est. Nattes de leurs jambes sur l'âpre coton. Sa langue n'en finit plus de chercher la sienne, creusant sa bouche, espérant sa salive. Elle détache à l'aveugle la boucle de sa ceinture. Cliquetis du métal gris. Passe la main sur le velours, presse, à travers lui, son sexe qu'elle sait déjà gonflé de sang. Appuie plus fermement encore. Étreint le membre entier sous les coutures. Lui demande si *elle peut*. Seulement cette étrange interrogation et rien de plus. Fernand hoche la tête. Il réalise alors qu'il tremble. Pas une oscillation légère, non, pas une vibration qu'il serait le seul à percevoir, non ; il tremble réellement. Hélène déboutonne son pantalon et tente de l'abaisser ; Fernand n'a d'autre choix que de l'aider. Elle saisit son sexe de sa bouche. Son visage va et vient, du moins le peu qu'il parvient à le voir, dissimulé sous le blond défait de ses cheveux. Elle paraît prendre l'entière mesure de l'instant tandis que Fernand est presque arraché à lui-même. Sa langue parcourt le long de son sexe brûlant. Puis s'y enfonce de nouveau, aspirant, boa.

Il la pénètre à présent.

Brisure chaude et trempée. Lézarde sublime dans le mur d'une femme qui s'offre. Elle ferme les yeux et souffle fort. Halète, gémit. Étendue sur le dos, les cuisses ouvertes, plaquées contre lui. Il n'a pas ôté son maillot de corps. Ses épaules nues, ses petits seins secoués. Une tache sur l'une des clavicules. Il plonge sa tête dans son cou, avale à grands traits son parfum, folie, folie que ce cou-là, ses hanches tapent de plus en plus fort au fond de tant de beauté.

Il n'est pas encore 17 heures. Les juges refont leur entrée dans le tribunal. Le président Roynard prend la parole : Fernand Iveton, ici présent, est condamné à la peine capitale. Le verdict tombe comme le couperet qu'on lui promet. Fernand baisse les yeux à l'instant où s'élève, aux quatre coins de la salle, la clameur des Européens d'Algérie. Applaudissements et bravos. Ivresse et dents déployées. La Justice goûte son triomphe. Hélène se retient de ne pas fondre en larmes. Elle mord l'intérieur de ses joues pour ne pas leur offrir le spectacle de leur défaite. On ne jette pas de la viande aux goules. Puis prend la main de sa belle-mère afin de l'enjoindre à faire de même. Les paumes claquent, la joie exulte comme un seul corps gras. Fernand n'a pas envie de pleurer, lui. Les tortures l'ont asséché – âme dépeuplée, pillée de toute émotion. Ses avocats le regardent sans cacher leur dépit. Le président appelle au calme et exige du public qu'il quitte les lieux dans la discipline et la retenue. Elle tente de croiser les yeux de son amant mais il les maintient bas, rivés sur ce sol qui se dérobe sous les pieds d'Hélène. Cela serait trop douloureux de la voir, il le sait.

Deux agents l'emmènent ; il ne se retourne pas.

La foule se disperse et Hélène se laisse porter, dans ses flancs, s'efforçant de marcher droit mais n'y parvenant pas. Ses jambes flageolent, sa tête tourne, elle prend appui sur les bras de Pascal et de son épouse. On pleurera à la maison, répète-t-elle, pas ici. Pas ici. Ils attendent une dizaine de minutes sur le trottoir. Quelques personnes dévisagent la femme d'Iveton. Elle les ignore. Un fourgon cellulaire grillagé passe à quelques mètres d'eux mais ne s'arrête évidemment pas. Hélène et Pascal agitent leurs mains avec l'espoir que Fernand les voie, en vain, puisqu'il continue, assis sur le banc du véhicule, de regarder par terre. Ses avocats lui ont fait savoir qu'il dispose d'une journée pour se pourvoir en cassation – ce qu'il compte faire.

Il est transféré dans la cellule n° 1, première division, de la prison Barberousse. Seul. C'est un CAM. Un condamné à mort. La pièce est grise, bien sûr, aurait-il pu en être autrement ? Une paillasse et des chiottes à la turque. Une étrange odeur, impossible à définir et à décrire, quelque chose d'âcre et de spongieux. Pourtant, on ne saurait le nier, la cellule est propre. Humide, et c'est sans doute cela qui lui confère cette odeur fuyante, mais propre. On lui a laissé ses vêtements. Il s'assoit sur le fin matelas. Et, les cris dissipés, les rictus disparus, Fernand commence à réaliser la situation dans laquelle il se trouve : le pouvoir entend bien l'exécuter. Il n'a tué personne, pourtant. Cela n'a aucun sens. Les autorités se poussent du col, voilà tout. Haussent la voix pour l'exemple mais n'iront pas au bout. Impossible. La France n'est tout de même pas un potentat. Fernand doit en convenir en son for intérieur : il ne s'avoue pas plus inquiet que cela. Ses avocats parviendront, il le sent, à plaider sa cause puis à établir un rapport de force. Et qui sait si les âmes justes de la métropole ne se mobiliseront pas? Il passe sa main dans ses cheveux qu'il n'a plus. Drôle de sensation, ce crâne presque nu. Il pense à Henri. Henri Maillot, son frère. De deux ans son cadet. Son frère d'enfance et d'esprit – qu'est-ce que le sang? Rien, sinon l'issue palpable du hasard. Il doit se tenir droit pour Henri. Debout. Puisque son frère l'était resté, lui, debout, jusqu'au bout, debout jusqu'à ce que les balles des gendarmes mobiles le fauchent après qu'il eut crié, lui le déserteur, *vive le Parti communiste algérien!...* Fernand avait connu Henri enfant. Leurs familles vivaient à quelques mètres l'une de l'autre dans le quartier Clos-Salembier. Leurs mères étaient toutes deux espagnoles et catholiques et leurs pères communistes : leur amitié semblait vouée à la fratrie. Ils ne se ressemblaient toutefois pas – on peut même affirmer, c'était du moins l'avis de leurs parents respectifs, qu'ils étaient montés à l'envers : l'un, Fernand, était de taille moyenne et l'autre élancé; l'un avait les traits marqués, bois brut, et l'autre fins, pierre polie; l'un était facétieux et l'autre en retrait; l'un prisait la danse et le chant et l'autre préférait le calme et la concentration. Henri pensait plus qu'il ne parlait : il chérissait les autres sans le leur faire savoir et tenait, de manière certainement peu consciente, les mots pour denrées rares : on ne gaspille pas la langue en vain. Il allait toujours à l'essentiel, élaguant l'excédent, coupant le surcroît, fuyant le trop-plein et filant net et droit entre les temps morts, les flous et les détours : Henri exprimait en dix mots ce que Fernand disait en autant de minutes...

Hélène vient de s'écrouler dans la courette de leur maison. En sanglots. Pascal l'aide à se relever. Elle hurle et s'agrippe à la chemise blanche de son beau-père qui, par trop pudique, ose à peine la serrer contre lui. Il tapote maladroitement son épaule en chuchotant que ça va aller, les avocats vont faire quelque chose, on va pas laisser le fils comme ça, on va trouver un moyen, oui, ça va aller. Hélène se griffe nerveusement les avant-bras, la tête enfoncée contre l'ample torse de Pascal. Des spasmes la saisissent. Elle tremble, incapable de s'arrêter. Sa belle-mère lui prend la main et, tendrement, la prie de rentrer. Une voisine, à sa fenêtre, n'a rien raté.

La nuit, derrière les barreaux, ne fait pas honneur à ses sujets.

Soupe grise, grumeaux d'étoiles lasses.

Hélène n'a pas attendu pour obtenir un droit de visite au parloir. Une cinquantaine de personnes font la queue pour parler à leurs proches. Beaucoup d'Arabes ou de Kabyles. L'un d'eux, un jeune homme, reconnaît madame Iveton, la femme du journal, la femme du journal!, et, déjà, on l'applaudit. Deux femmes voilées la saluent en agitant leurs mains vers le ciel. D'autres lui disent de passer devant eux, poussez-vous, poussez-vous, c'est la femme à Iveton, بارك الله فيـك, laissez-la passer! Fernand arrive. Menotté. Deux grillages les séparent dans le parloir. Un gardien est posté à un mètre derrière lui. Hélène n'a pas besoin de se faire belle pour l'être, mais elle l'est encore plus lorsque Fernand sait, malgré les cernes et les traits tirés, qu'elle a voulu lui plaire encore plus qu'elle ne lui plaît déjà. Comment tu vas? Ça va, ça va. Ne t'inquiète pas. J'ai demandé à ce qu'on me laisse pas seul dans la cellule, le temps passe trop lentement autrement, c'est infernal tout seul entre quatre murs du matin au soir... Ils ont bien voulu m'écouter, deux gars sont entrés tout à l'heure, ils s'appellent Bakri et Chikhi, je ne sais pas pourquoi ils sont à Barberousse mais ils ont l'air sympathiques en tout cas. Et toi, alors ? On me dit que tu es une tigresse ! Il rit. Ça ne m'étonne pas... Tu sais que je suis fier, très fier de ma petite Hélène. Le gardien, voyant qu'il a baissé la voix, lui demande sèchement de s'exprimer plus fort. Je te promets que je vais faire tout ce que je peux pour obtenir un droit de visite hebdomadaire : je crois que le directeur de la prison me respecte, il m'a reçue dans son bureau, tu sais, pour le colis de vêtements, oui, la presse qui disait que tu étais sale et mal fagoté, quelle bande de salauds, pardon, excuse-moi de parler comme ça... À ce propos, que disent les journaux du jour ? Tout le monde parle de la sentence. Et en France ? Ton *Huma* reste extrêmement prudente, on dirait qu'ils ne veulent pas se mouiller. Tu les embarrasses. Quelques lignes à l'intérieur, rien de plus. Et *Le Monde* t'a consacré quelques phrases... *Le terroriste Fernand Iveton*, etc. Il ne répond rien. Il aimerait pouvoir la toucher, son visage ou ses mains, mais le fer strie la peau bien-aimée. La visite prend fin, affirme le gardien. Elle lui dit qu'elle l'aime, lui dit et lui envoie un baiser de sa main grillagée.

La porte de sa cellule s'ouvre tandis qu'il discutait avec Bakri. Un homme en costume sombre y pénètre, escorté de deux gardiens. Très dégarni, le visage long, les yeux vitrés. La porte se referme. Il tend la main à Fernand : Joë Nordmann. Puis salue ses codétenus d'un geste de la tête. Je viens d'arriver à Alger, la CGT m'a envoyé pour que je défende votre cause puisque vous avez, m'ont-ils dit, été l'un de leurs délégués. Ils m'ont mandaté pour appuyer les deux avocats déjà en charge de votre affaire. Je dois vous avouer que je maîtrise encore assez mal les détails du dossier, mais sachez d'ores et déjà que je n'ai pas hésité un instant lorsque l'on m'a parlé de votre cas. Fernand l'écoute, silencieux. Il y a une atmosphère épouvantable dehors, je suppose que vous en avez eu vent. Ça pue, pardonnez-moi l'expression, le pogrom. Tout le monde veut vous lapider. Votre pourvoi en cassation, poursuit-il sans bouger, va être examiné lundi prochain par le tribunal militaire. Bakri, assis sur le bord de sa couchette, demande à l'avocat ce qu'il se passera pour Fernand si cela échoue. Nordmann se tourne vers le prisonnier et, avec l'aisance oratoire qui semble le caractériser, lui répond qu'il ne restera dès lors plus qu'un seul et unique recours : la grâce du président René Coty en personne. Silence dans la cellule. Fernand tient à savoir s'il a déjà rencontré ses deux avocats, Laînné et Smadja. Pas encore, non, j'ai rendez-vous avec eux dans l'après-midi. Soyez confiant, nous allons faire tout ce qui est en notre pouvoir pour vous tirer de là. Tout est encore possible et je vous avoue même que je vais en faire une affaire personnelle : je suis communiste, moi aussi. Son visage est resté immobile, parfaitement immobile, en disant cela ; l'avocat n'ignore rien de ce que ce seul mot porte d'immédiates complicités.

Harangue du muezzin dans la nuit qui s'abîme sur Barberousse.

Bakri et Chikhi prient au sol, les genoux posés sur leurs draps pliés pour l'occasion. Fernand les observe, allongé, tandis qu'il parcourt le journal que Nordmann lui a laissé juste avant de se retirer. Puis le repose et saisit les quelques feuilles de papier qu'il a pu obtenir de la direction. *Ma petite femme chérie…* Ses codétenus se redressent et regagnent leurs couches. *Je t'écris aujourd'hui ma première lettre d'emprisonné et je pense que cela ne doit pas t'émouvoir car je ne le veux pas. Donc, aujourd'hui, j'ai reçu ma commande de cantine car il y en a une ici pour nous procurer tout ce que nous permet le règlement intérieur, car je n'ai pas le droit au panier. Mais enfin, ça peut aller ; la nourriture est passable et avec le peu d'argent que j'avais sur moi je vais pouvoir me gâter. Comme tu le vois, le moral est bon et je pense qu'il en est de même pour toute la famille.* Bakri et Chikhi, précise-t-il, vont être libérés prochainement : ce ne sont pas des CAM. *Je sors dans la cour deux fois une heure par jour, sauf quand il pleut. Je pense que vous avez pu récupérer mon linge à l'usine et que l'on ne vous a pas fait trop de difficultés. Ma chère petite femme, je suis très fier de ton courage et je te demande d'être très calme et de ne pas tomber dans la provocation, car cela me ferait mal. Je voudrais aussi, sans que cela te prive, que tu me fasses un petit mandat pour ma cantine. Enfin, je pense que les voisins ne sont pas trop méchants ; s'ils te parlent, tu leur donneras le bonjour de ma part, et dis-leur que le moral est d'acier.* Chikhi joue, semble-t-il, au solitaire, les cartes étalées devant lui. Longue silhouette osseuse, profil de faucon. Il n'a presque pas parlé depuis son arrivée ici. Chikhi est mystérieux malgré lui ; il ne cultive pas le secret mais ne laisse rien passer. Ce n'est pas de la retenue, encore moins de la timidité, mais une sorte d'hermétisme viscéral – instinct occulte, méfiance de la proie traquée. *Je vais terminer cette lettre en t'embrassant de tout mon cœur et en te disant courage et à bientôt. Embrasse bien mes parents pour moi et surtout qu'ils aient beaucoup de courage. Fernand.*

La lune, pas même un croissant, cil d'argent sur paroi noire.

Et Henri, quelque part sous cette terre. Six mois sans toi, mon frère.

Un vent sans bruit souffle sur Annet.

La Marne lanterne entre deux teintes. Trois vieux chênes ombragent la maison familiale d'Hélène – du moins, celle de Sophie, sa mère. Tuiles rouges et vieilles briques. Le jardin compte des poules, des lapins, des pigeons et des cochons. Fernand salue Louisette, la sœur d'Hélène, puis Jean-Claude, son fils, d'une ferme poignée de main. Il est grand, plus que Fernand, et porte une chemisette beige. Tignasse drue et châtain. Le nez volontaire et les lèvres fines. Il n'a pas les pommettes de sa mère, songe aussitôt Fernand, pas ses traits slaves. Hélène l'a convié à passer le week-end ici deux semaines après être rentrés de Paris. Elle savait, en faisant cela, qu'elle officialisait leur relation, pourtant nouvelle ; elle savait surtout que le geste pouvait se montrer lourd de conséquences aux yeux de Jean-Claude, qu'elle avait toujours tenu à distance des quelques hommes qu'elle avait connus depuis son divorce. Des amourettes, parfois ; des histoires sans histoires, souvent. Mais elle sentait, là, sans avoir toutefois les moyens de l'expliquer et probablement même de se l'expliquer, que Fernand ne serait pas un de ces hommes. Elle n'avait pas encore osé le lui avouer mais elle n'en doutait plus : elle tombait amoureuse.

Fernand est venu avec deux bouteilles de vin blanc et un bouquet de lys. Tu ne dis pas tout de suite que tu es communiste, c'est promis ? Avec ce qu'il arrive à mon père, là-bas, ça risque de jeter un froid. Il avait accepté, bien sûr, avant de l'embrasser à quelques mètres du portail. Jean-Claude comprit aussitôt que ce monsieur au drôle d'accent, avec sa moustache et son teint mat, était plus qu'un ami aux yeux de sa mère ; il ne l'avait jamais vue regarder quelqu'un de cette manière, avec ce pétillement et ce sourire. Maman, lance Hélène dans le salon tandis que Louisette dresse le couvert, Fernand est aussi gourmand que Jeannot, tu vas voir, un vrai ogre ! Sophie, enroulée dans son tablier, s'inquiète de savoir s'il mange de tout. De tout, madame, absolument tout ! Et je dois vous dire que je raffole de la nourriture française.

Il se sent à son aise, déjà, dans cette famille qui n'est pas la sienne ; l'espoir ajoute "encore" : elle le sera peut-être un jour. Hélène se montre plus indécise et moins volontaire qu'à l'ordinaire – elle n'est plus seulement femme, mais fille, mère et sœur ; elle n'est plus, bel atome, chue du ciel mais dévoile ses ancrages : Fernand sait à présent qu'il devra l'aimer à plusieurs, l'aimer avec celles et ceux qu'elle aime.

Sophie l'interroge, à table, sur sa jeunesse et son quartier d'enfance. Un enfant comme tous les autres, madame, qui joue au football avec ses petits copains et se bagarre une fois le dos des adultes tourné. Les jeux de billes avec les noyaux d'abricots, faute de mieux, et les becs de gaz brisés aux lance-pierres. Il a grandi, raconte-t-il, dans un quartier arabe, musulman, avec très peu d'Européens. Une vie de village, presque, où Alger, pourtant si proche à vol d'oiseau, avait des allures d'aventures. C'est son père, Pascal, toujours en bleu de travail et en casquette, toujours, qui a construit leur maison. Le samedi et le dimanche, chacun se remontait les manches pour l'aider et Fernand se chargeait du mortier. Tout le monde vivait ensemble, le marché arabe, le bain maure, les Européens et les Juifs, les portes ouvertes la nuit, les femmes avec leurs voiles blancs, vous avez dû les voir sur des cartes postales je suppose, les mariages et les circoncisions où tout le quartier est convié, oui, ça se passait bien, et ça se passe toujours bien, d'ailleurs. Fernand l'a aimée, cette jeunesse : on ne roulait pas sur l'or, ça c'est sûr, mais on faisait aller. Et puis le soleil, madame, c'est quelque chose de savoir qu'il est toujours là, qu'il ne fait presque jamais la tête, appelez-moi Sophie, je vous en prie, c'est quelque chose, Sophie, là-bas le ciel et la mer c'est comme un seul grand corps, tout debout, tout nu, tout bleu. Alors oui, quand on a grandi comme ça, je peux vous dire que c'est très dur de voir son pays refuser d'avancer, de voir les gens qui dirigent fermer les yeux sur ce qu'il se passe, sur les petites misères et les grandes, sur les Arabes qui demandent l'égalité et qui reçoivent des coups de bâton ou de feu en retour. Sophie marque une pause et lui demande s'il est communiste. Fernand baisse les yeux puis les tourne vers Hélène, pourquoi me demandez-vous ça, Sophie ? Oh, rien, j'ai juste entendu des communistes parler comme vous, alors je me disais que… Mon père était communiste. Il travaillait au Gaz d'Algérie et il a fait la grève pendant la guerre, alors Vichy l'a mis à la porte, comme ça, du balai. C'est pour ça que j'ai quitté l'école tôt. J'espère que vous ne me trouvez pas trop sot, d'ailleurs, tout grand dadais que je suis à côté de vos livres dans le salon… Sophie sourit et lui répond qu'elle aime les romans, qu'elle les dévore lorsque le travail lui laisse un peu de répit, mais qu'ils sont des gens simples et sans manières (Fernand se souvient alors d'une discussion avec Hélène, lui apprenant que sa mère, issue d'une famille aisée, avait rompu avec son milieu pour suivre son prolétaire de père). C'est pour ça que je n'ai pas fait d'études, il fallait aider à la maison puisque mon père avait été viré ; c'est comme ça que je suis devenu tourneur. La mère s'assombrit, sincèrement affectée par le récit de son hôte et, le percevant, Fernand s'esclaffe : ne faites donc pas cette tête, ce n'est pas *Les Misérables*, non plus ! Et comme je n'ai pour ainsi dire pas connu ma mère, toutes les femmes du quartier me chouchoutaient !

Fernand profite de la promenade pour se dégourdir les jambes. Il relit la lettre d'Hélène reçue ce matin au courrier. Elle tente de prendre sur elle du mieux qu'elle peut mais ne supporte plus d'attendre le verdict du tribunal. René Coty, lui explique-t-elle, a gracié seize *terroristes* condamnés à mort en l'espace de ces cinq derniers mois – il faut s'accrocher à cela, quand bien même le pourvoi échouerait. Elle sait le courrier contrôlé et censuré et s'exprime en conséquence. La vie sans lui est invivable. Elle l'aime, oui, comme elle l'aime.

Les trois détenus ont pu se procurer un jeu de dames. Ils y consacrent désormais une partie de leur temps, celui que l'usage voudrait "libre", entre les repas et les promenades, la toilette et la lecture. Nous sommes mardi, mardi 4 décembre, et Fernand ne songe qu'à ses avocats qui, hier, ont plaidé sa cause devant le tribunal et dont il demeure sans nouvelles. Le temps passe et emporte avec lui l'optimisme – si tant est que ce terme soit de mise lorsque sa tête est promise à la mort – des premiers instants. Il doute à présent que les juges donnent une réponse favorable à son recours. Mais *je me prépare avec confiance*, écrit-il à Hélène, *à attendre la grâce. Il y en a qui l'attendent ici depuis près de deux ans, alors ça me donne du courage.* Il la serre sur son cœur et la prie de prendre soin de Titi – il se rappelle alors qu'il s'est longtemps étonné, les premiers mois, qu'il pût s'attacher ainsi, c'est-à-dire autant, à quelques kilos de poils muets ; les animaux ne faisaient pas partie de son quotidien, donc de son existence : ils occupaient en silence un territoire qu'il ne songeait pas à visiter, en marge du monde humain ; il n'aurait jamais eu l'idée de les faire souffrir mais ignorait tout d'eux et ne cherchait pas à y remédier ; Titi ne tarda pas à le suivre partout, jusque dans les toilettes, grimpant sur ses genoux, voire sur sa nuque, dormant sur ses vêtements ou parmi les calepins épars sur la table de leur chambre ; Titi, il y songe à cet instant, d'un souvenir souriant, miaulait les matins longs lorsque Fernand et Hélène s'autorisaient quelques heures supplémentaires au lit ; Titi, aimait à dire Hélène, était un chat qui se prenait pour un chien : il avait force affection à revendre.

Mercredi. Que font Smadja et Laînné ? Pourquoi ne lui rendent-ils pas visite ? Et Nordmann ?

Jeudi. Bakri s'est rendu à l'infirmerie et Chikhi joue au solitaire, sans un mot, fidèle à lui-même. Fernand se coupe les ongles lorsque la porte s'ouvre. C'est Nordmann. Son visage se suffit pour toute réponse. Il ne reste pas debout, cette fois, figé dans sa fonction, mais demande à s'asseoir sur le bord (mais seulement le bord) de la couche de son client. Vous savez, dit-il sans évoquer l'échec de leur recours puisque les mots s'avèrent parfois bien encombrants, j'ai vu Paris en mars 41 lorsque j'ai été libéré, après l'armistice. Il y avait des uniformes allemands, partout, leurs drapeaux sur les façades, partout. J'ai été radié du barreau car j'étais juif. Je suis ensuite entré dans la clandestinité, sous une nouvelle identité : préparateur en pharmacie! J'étais devenu Jean… Il ne fallait jamais écrire le moindre nom, la moindre adresse, le moindre numéro de téléphone. Chikhi a cessé de jouer; il écoute. J'ai déménagé une douzaine de fois durant ces trois années. Vous devez vous demander pourquoi je vous raconte tout ceci, n'est-ce pas? Au sein de notre organisation, nous étions en contact avec les proches des jeunes résistants fusillés. Nous publiions leurs courriers dans nos bulletins. Et, ce midi, je me suis souvenu du courrier de l'un d'eux, il s'appelait René, je crois, oui, René, c'est bien ça, il était secrétaire de la Fédération du bâtiment, je me souviens qu'il avait écrit qu'il mourrait pour que le soleil brille sur *tous les peuples qui aspirent à la liberté*. Je m'en souviens à la virgule près. Et je songeais à lui, et à vous, en arrivant jusqu'ici. L'Histoire est bien cruelle… Sur ces mots, il se relève et sort de son cartable un journal. *L'Huma*, tenez. Fernand le remercie en s'en emparant. On y parle de vous. Il feuillette. Tombe sur sa photo. *Iveton – dont la vie est en danger – a exprimé avec noblesse et courage, devant ses juges, le point de vue du Parti communiste algérien…* Nordmann poursuit : je vais écrire au président du Conseil, Guy Mollet, et je vais essayer de joindre le garde des Sceaux, François Mitterrand; je vous promets qu'on va faire tout ce qui est en notre pouvoir pour vous sortir de là. Fernand le remercie. Et, sur le pas de la porte à laquelle il vient de toquer et que le garde à l'extérieur a sitôt rouverte, Nordmann lui glisse, un furtif sourire plissant son visage, que l'Algérie, il n'en a pas le moindre doute, sera libre et indépendante un jour ou l'autre. Et qu'il lui demande, d'ici là, de le tutoyer.

Fernand ne cesse de se retourner en espérant trouver une position qui l'aiderait à s'endormir mais le sommeil soigne ses sautes d'humeur. Il essaie de se concentrer sur sa respiration – une technique qu'Hélène lui avait enseignée, persuadée de son sérieux et de son efficacité, en dépit de la perplexité certaine de son compagnon –, de vider son esprit et de se focaliser sur le seul va-et-vient de son souffle, inspirant, expirant, de ne penser à rien de plus qu'à sa respiration cadencée. Mais il y a au fond de ses poumons les bravos du tribunal, les traits trop lointains d'Hélène et son odeur qu'il reconnaîtrait, bien sûr, entre mille mais dont il sent, là, qu'il lui est difficile de la reconstituer, de la saisir, de l'attraper à pleines mains, il y a l'inquiétude de son père, sans doute, même si l'on ne cause pas de ces choses-là, il y a les copains, les camarades, dont il demeure sans nouvelles et qu'il craint, par trop faible qu'il fut, d'avoir mis en danger en parlant plus que d'autres, sans doute, ne l'eussent fait… Il se surprend même à pleurer, quoique sans un bruit, seulement des larmes taillant ses joues comme au loin la nuit le fait des toits d'Alger.

Hélène époussette les meubles, le chat furetant entre ses jambes. On frappe à la porte – l'heure, qu'elle consulte en avisant l'horloge près du buffet, indique le facteur. Elle pose le plumeau sur le coin de la table et l'ouvre, après s'être frotté les mains sur les côtés de son pantalon. L'employé avait déjà extrait le courrier du jour de sa gibecière. Quatre lettres. Dont une de Fernand. Je vous remercie, bonne journée à vous, également, *Je crois comprendre que ton moral est très bas et que tu n'as plus d'espoir. Moi, je te dis que je ne suis pas encore mort et que j'espère bien finir mes jours comme un vieillard auprès de ma petite Hélène chérie que j'aime de tout mon cœur. Tu vois, c'est moi le condamné et c'est moi qui te donne confiance dans l'avenir. Alors je t'en prie, prends courage comme tu l'as eu jusqu'à présent et vois l'avenir avec confiance car il n'y en a pas pour longtemps, et surtout évite de rester seule.* Hélène s'est assise pour achever sa lecture. *Et ce petit coquin de chat, que devient-il? Il faut m'en parler car je pense aussi à lui, le vois dans mes bras et moi lisant le journal. Il faut t'acheter des chaussures et tout ce dont tu as besoin. J'ai fait la lessive aujourd'hui. J'ai aussi reçu la commande de la cantine : 1/2 livre de sucre, un pot de confiture, un petit paquet de biscottes, deux tubes de lait sucré, un quart de beurre et des cigarettes. Merci pour le mandat. Je vais m'acheter une paire de pantoufles à 650 F la semaine prochaine. Évidemment, c'est plus cher qu'en ville mais on ne peut pas faire autrement. Tu vois, mon moral est bon et il faut que tu fasses comme moi.* Elle songe à son fils, rentré en France après la mort d'Henri. Une sage décision, très certainement, mais qui parfois lui pèse : son absence, surtout en ces temps abrupts, l'alourdit plus encore. Mais l'Algérie n'était plus la place pour un adolescent… La sienne est en France, oui, estime-t-elle. La Marne au moins ne charrie pas de sang… *Ton petit mari qui t'aime et pense à toi pour la vie.* Une autre lettre, anonyme, comme deux ou trois déjà reçues les jours derniers. *Sœur, tu peux aller où tu veux, tu es protégée. Détruis cette lettre.* Pas un nom mais Hélène ne doute pas un seul instant qu'elle provienne d'un Algérien. Comme les précédentes. Ce soutien spontané l'émeut, l'étonne et l'encourage.

Hier, un musulman, probablement considéré comme un traître par le FLN, a été abattu à quelques mètres de leur maison.

Fernand, Chikhi et Bakri, escortés de trois gardiens, traversent un long couloir puis descendent des escaliers. Pour des raisons qu'ils ignorent, ordre a été donné de les changer de cellule. De la 1 à la 22. Trois matelas à même le sol. Une ampoule au plafond – blafarde lorsqu'on l'allume, comme il se doit. À vue de nez, la pièce doit mesurer dans les six mètres carrés. À l'angle droit, au fond, les mêmes toilettes à la turque munies d'un petit robinet rouillé. Une étagère en bois paraît tenir par quelque miracle. Bakri plaisante aussitôt : on fait le tour de l'hôtel, ma foi, un vrai palace ! Fernand sourit. Et si vous m'appreniez à parler l'arabe, alors, les gars ? Tu veux vraiment ? Et pourquoi pas ? Pas forcément sûr que ça me sera très utile là-haut, si on me coupe la tête, quoique, Allah parle arabe, non ? Bakri rit, je suis sûr qu'il parle même le français avec le même accent que vous ! Mais oui, avec plaisir, tu en dis quoi Chikhi ? Chikhi ne dit jamais grand-chose, cela, il faut bien le redire, mais approuve toutefois d'un court geste de la tête.

On frappe à la porte et Maître Smadja prend la place du pronom indéfini lorsque celle-ci s'ouvre, pesante de fer strident. Comment allez-vous, Fernand ? On fait aller, Maître, on fait aller. Les camarades m'aident à tenir le coup ; on passe nos journées à jouer aux dames, pour tout vous dire. Et vous ? Aux échecs ? Smadja n'a pas saisi le calembour. La guerre fait rage dans les terres, lui dit-il tout de go. Les informations circulent mal mais je sais, de sources sûres, qu'on fusille ici et là sans autres formes de procès... Smadja se gratte le derrière de l'oreille droite. Puis reprend : vendredi, *France-Soir* a publié un portrait de votre supposée complice, la femme blonde, en affirmant qu'ils l'avaient identifiée. Fernand ne commente pas mais n'en pense pas moins, amusé, somme toute, que la police continue de suivre cette fausse piste et rassuré à l'idée que Jacqueline soit saine et sauve. On nous a également fait savoir que l'ancien directeur de votre usine a écrit à René Coty, oui, oui, de son propre chef, pour demander votre grâce. Nous n'avons bien sûr pas pu avoir accès à son courrier mais il aurait loué vos qualités professionnelles. Et quand, interroge Fernand, allez-vous envoyer le recours en grâce ? Bientôt, mais nous attendons un peu, avec l'espoir qu'un mouvement se déclenche en métropole, que quelque chose se passe, s'agite, secoue l'opinion ou, du moins, l'alerte sur votre sort. Il faut que les citoyens s'emparent de votre cas et le pouvoir n'aura d'autre choix que de céder. Il faut établir à tout prix un rapport de force, une pression. Le problème, poursuit-il avant de s'arrêter, le problème ?, ajoute Fernand, c'est, répond Smadja, que les communistes sont divisés, et c'est une litote, quant à votre action... Cela va être très difficile de les rallier tous, de lancer une campagne unanime. Et puis la procédure de recours est en soi assez conséquente : il faut constituer trois dossiers, un pour le Conseil supérieur de la magistrature, l'autre pour la présidence de la République, et le troisième pour la Défense nationale. Fernand affiche sans s'en rendre compte une moue d'étonnement. Tout ça pour lui... Et vous avez bon espoir, Maître ? hasarde-t-il. Smadja se gratte de nouveau l'arrière de l'oreille.

Fernand lit et relit les dix chiffres que Bakri a inscrits sur l'un des trois cahiers qu'il vient de cantiner (25 francs l'unité). Ainsi que leur équivalent en lettres latines afin de travailler sa prononciation : *Sifr, Wahid, Ithnan, Thalaatha, Arbaâ, Khamsa, Sitta, Sabaâ, Thamaniya, Tisaâ, Aâshara.* C'est pas mal, fait Bakri. Mais, comme tous les Blancs, tu ne sais pas faire les "h". Tu souffles, là, on dirait une vieille jument fatiguée! Ça doit venir du fond de ta gorge, comme ça, *h,* serre ton ventre, *h.* Fernand tente et Chikhi pouffe : on dirait que tu nous rotes dessus, maintenant. Mais vous moquez pas, les gars, il n'y a aucun équivalent en français à votre truc, on peut pas sortir ça avec nos bouches, je vous assure. Et comment on fait, nous? Tu crois qu'on n'a pas le même œsophage? Bon, reprends tout à zéro, on t'écoute.

Tu sais depuis combien de temps on se connaît, aujourd'hui? Hélène cesse de marcher. Elle réfléchit, compte sur ses doigts gantés de cuir bon marché, oui, bien sûr, que je suis bête, six mois! Eh oui, poursuit Fernand, six mois jour pour jour que je t'ai parlé pour la première fois. Qu'est-ce que ça passe vite… dit-elle seulement, le regard dirigé vers le sol. Ses joues sont légèrement rosies par le froid. Sur leur droite, le chemin est crispé de grands troncs secs. Les branchages fendent et fissurent un ciel sans maintien ni défense – ventre mou, coulant d'hiver. La brume, à cent mètres, contredit l'horizon. Fernand n'a aucune envie de passer la saison en France. Le climat nord-africain lui manque désormais cruellement. Voilà, je voulais te dire, j'ai bien réfléchi : je vais rentrer. Coup en pleine figure. Hélène s'y attendait depuis plusieurs semaines mais elle n'en redoutait pas moins l'instant où elle aurait à l'apprendre de vive voix. Elle avait bien vu que Fernand pestait, chaque jour un peu plus, contre le temps "pourri" de la métropole, son crachin, sa grêle et, même, depuis le début de la semaine, ses quelques flocons sitôt transformés en gadoue, crottant lâchement les réveils malheureux. D'autant que son traitement semblait avoir fait de l'effet, du moins ne toussait-il plus, et qu'il eût été inconscient de s'exposer à de trop grands froids. Je comprends, fait Hélène, tu dois retourner chez toi, oui, il fallait bien que ça arrive un jour. Je n'osais pas t'en parler mais je savais bien que ça flottait, comme ça, quelque part au-dessus de notre tête, qu'il faudrait bien que… Fernand éclate de rire. Quoi? Pourquoi tu ris? Regarde ta jolie tête de comédienne, on dirait que tu étais sur les planches, prête à nous faire pleurer une salle entière! Hélène le repousse du coude. Arrête, ça ne me fait pas rire du tout. Tu es nul, là. Mais non, reprend Fernand, je t'emmène. Quoi? Mais pour quoi faire? Mais pour qu'on se marie! Je ne peux pas me marier ici, continue-t-il, je suis en congé maladie… Hélène s'attendait à tout sauf à ce qu'il convient de nommer *ça*. Mais, mais, je suis suisse, je ne peux pas me marier comme ça, d'un coup de baguette. Ça ne fait rien, on attendra! lance Fernand, une écharpe lie-de-vin nouée autour du cou. Mais, tu sais très bien que je ne suis pas seule, il y a Jean-Claude… Je sais, j'ai pensé à tout, qu'est-ce que tu crois, il doit terminer son année scolaire dans tous les cas, c'est important : je vais rentrer, chercher un logement et, dès que j'en aurai trouvé un, je vous écris et vous envoie un billet d'avion. Hélène ne sait si elle doit l'embrasser ou le gifler, lui mordre les lèvres ou partir en courant pour l'avoir laissée tant, ou trop, c'est tout comme, de jours dans l'angoisse d'une éventuelle rupture. Je t'aime, toi, grand bout de dame, dit-il en la rapprochant contre lui pour embrasser ses cheveux, pile au sommet de son crâne. Et puis, tu sais, j'ai hâte de te présenter à Henri! On a grandi ensemble. Tout le monde le trouve froid mais il faut pas s'arrêter à ça, Henri c'est un briquet dans un glaçon, suffit juste de trouver la molette!

Du pouce, Jean-Claude déchire l'enveloppe que sa grand-mère vient de lui remettre. *Si je suis fier de toi, et ça je savais que je pouvais l'être, je ne suis pas content de toi car ce n'est pas en te tapant la tête contre le mur ou en pleurant que tu donnes l'exemple d'un petit homme. Aussi, je te dis ceci : tu as vécu avec moi et tu sais ce que c'est qu'un communiste. Notre lutte est dure mais nous vaincrons. Je ne suis pas le seul condamné à mort.* L'adolescent en veut alors à sa mère d'avoir révélé à Fernand qu'il avait pleuré, mais la joie de recevoir un mot de son beau-père l'emporte sur le reproche. *Bien sûr, il m'arrive de pleurer en pensant à ta mère et à tous ceux qui sont dehors, mais j'en ai le droit, mon petit, et pas toi. Alors écris-moi, que je voie un peu ton courage, ton travail, ce que disent tes camarades.* Fernand, il ne l'a jamais oublié, lui avait promis, lorsqu'il quitta l'Algérie deux ans après avoir rejoint Fernand et sa mère, qu'il était tout à fait libre de penser ce qu'il désirait et qu'il n'était en rien tenu de partager ses propres opinions politiques : Jean-Claude n'avait pas tout saisi (sa mère lui avait seulement dit que Fernand voulait *l'égalité entre tous*, mais force était d'admettre que tout ceci s'avérait pour l'adolescent de bien abstraites notions) mais il avait apprécié le principal : un adulte l'autorisait à manifester son désaccord – il se dit ce jour-là que l'amoureux de sa mère était un bon monsieur (Fernand aimait à lui dire que sa mère était sa femme du lundi au vendredi et sa petite amie le week-end – il n'avait compris que plus tard le sens de cette formule : le week-end, l'usine et les ménages terminés, ils pouvaient s'aimer plus gaiement, de ce bonheur libre et insouciant qu'ils avaient connu, en France, les premiers temps de leur rencontre).

Du lait concentré et deux paquets de cigarettes sont posés sur l'étagère de la cellule. Le journal *Bonne soirée* est ouvert sur la paillasse de Chikhi. Dis voir, frère, lance Bakri en train de se curer les dents avec une fine tige de bois, on se demandait hier, quand on était à la promenade, j'espère que tu nous en voudras pas, c'est un peu personnel... Fernand, allongé sur son matelas, pose le carnet sur lequel il était en train de tenir sa comptabilité carcérale (un peu plus de mille francs dépensés à la cantine, au 30 novembre, près de deux mille, au 9 décembre). Oui, dis-moi ? Tu es marié, non ? Oui, bien sûr, pourquoi ? Alors pourquoi tu ne portes pas d'alliance ? C'est la prison qui te l'a confisquée ? Fernand rit. Tu n'y es pas, mais alors pas du tout ! C'est Hélène, ma femme, justement, qui m'interdisait d'en porter une : un ami à elle avait eu les doigts tranchés, un jour, moi je ne l'ai jamais connu cet homme, trois il me semble, par une machine à cause de son alliance. Alors comme je travaille, enfin je travaillais, à l'usine, elle était formelle : pas d'alliance ! Bakri n'en revient pas. Elle pense à tout ton épouse, ma parole ! T'entends ça, Chikhi ? Il acquiesce du bout de son nez d'épervier, en souriant à son tour. Ça donnait lieu à des choses un peu rigolotes, raconte Fernand, une fois, je me rappelle, on était à un bal et une fille vient me voir alors que j'étais assis à côté d'Hélène et me demande, après avoir regardé ma main, si on peut passer une soirée au bord de la plage. Ta femme a dit quoi? interroge Bakri. Elle, rien, mais moi j'ai répondu que je ne pouvais pas, que j'étais marié, et la fille a de nouveau regardé ma main, elle devait se croire discrète mais elle ne l'était à vrai dire pas du tout, et elle m'a demandé où elle se trouvait, alors, ma femme : ici, à côté de toi. Et Hélène a trouvé ça très drôle. Bakri tape dans ses mains en se basculant, assis, vers l'arrière, elle a l'air d'être encore plus folle que toi ton épouse, avec mon respect, mon frère!

Sur l'un de ses cahiers, Fernand a dessiné une faucille et un marteau. Et écrit *Cahier de Prisonnier n° 6101 – appartenant à Iveton Fernand, condamné à mort le 24-11-56. Gracié le…* Dans un autre, il a noté, de mémoire, les paroles des chansons qu'il se plaisait à fredonner lorsqu'il était dehors. Cela passa le temps et permit, par ces quelques lignes légères, de penser à autre chose que ces maudits et lourds points de suspension, *Gracié le…* Il connaît entièrement *Kalou* d'Yvette Giraud et l'a chantée, un soir, avant-hier peut-être, ou la veille, le temps perd ses appuis lorsqu'on le cimente, à ses deux camarades de détention. *Ne ris pas, mon bel amour n'est pas un jeu Kalou, Kalou Dans mon cœur la jalousie brûle ses feux Kalou, Kalou Mes désirs n'ont plus en toi d'échos joyeux Je ne crois ni tes baisers, ni tes serments Mais tu fais de moi pourtant ce que tu veux.* Bakri avait encore tapé des mains, mon Dieu, c'est romantique ça, mon frère, c'est comme ça que tu as charmé ton épouse? Et Chikhi, d'une voix étonnamment belle, songea aussitôt Fernand – comme si, curieuse idée après tout, la voix avait à entretenir quelque affinité avec le visage qui la porte (visage qu'il a, il faut bien l'admettre, étonnamment disgracieux) –, d'entonner un air traditionnel kabyle. Une voix grave et basse, chaude. Avec quelque chose d'infiniment tragique.

L'aumônier de la prison se présente, après être entré, sous le nom de Jules Declercq. La cinquantaine bien faite, les épaules fermes, la barbe fruste. On décèle sous les tissus des membres épais et des os qui ne tremblent pas. Ses mains, particulièrement poilues, lui confèrent des airs de bûcheron plus que de curé. Fernand s'étonne de sa visite. L'aumônier lui explique qu'il était intrigué par la présence, dans ces murs, d'un Européen que l'on disait à l'article de la mort (Declercq dit ceci sans la moindre gêne, comme s'il ne s'agissait que d'un simple statut, d'une vulgaire précision administrative). Les journées sont longues ici, avec ou sans Seigneur, et Fernand, tout compte fait, accepte la proposition désintéressée de son interlocuteur : parler pour parler. Pour le seul plaisir d'échanger. Il reviendra à trois reprises, dans la semaine, avec le même sourire sous son nez de boxeur. L'aumônier fut curé dans les campagnes : il sait les terres et leur misère, les coins reculés, oubliés, loin des cités et du Progrès qu'elles charrient ; il a vu de ses yeux ce que Camus avait écrit après l'avoir vu lui aussi, dans ses reportages pour *Alger républicain*, les féroces inégalités dans l'enseignement et les salaires… Ce n'est qu'à la quatrième visite que Declercq confie à Fernand qu'il a, en son cœur, pris fait et cause pour l'indépendance algérienne mais qu'il se doit, eu égard à son rôle public, de se montrer prudent dans l'énonciation de ses sentiments les plus intimes... Fernand lui avoue pour sa part qu'il est inquiet pour Hélène : comment parvient-elle à vivre sans les revenus de son époux depuis qu'elle a été congédiée ? Il sait, par ses lettres, qu'elle vend un certain nombre d'affaires mais il redoute qu'elle lui cache, de crainte de le soucier, l'ampleur de la situation. Declercq lui promet qu'il se rendra à leur domicile pour en savoir davantage.

Joë Nordmann entre quelques heures plus tard chargé de nouvelles : le secrétariat de la Fédération nationale des industries de l'énergie électrique, nucléaire et gazière a sommé les leaders des sections syndicales de submerger René Coty de télégrammes et de pétitions exigeant la grâce immédiate d'Iveton ; des Parisiennes ainsi que des gaziers de la rue d'Aubervilliers ont déposé deux pétitions à l'Élysée ; une section CGT a expédié un télégramme à Coty. Et notre presse ?, s'enquiert Fernand. L'avocat baisse d'un sourire : rien. *L'Huma-Dimanche* fait silence radio et *La Vie ouvrière* semble se passer le mot pour n'en pas dire un... Enfin, si, *L'Huma* continue de parler de toi. Ils exigent ta libération, mais en pages intérieures. Ça ne décolle pas assez... Quelle merde. C'est la première fois que Fernand entend l'avocat jurer. Ne t'inquiète pas, Joë, tout va bien se passer pour moi, Coty va me gracier, c'est certain : je n'ai même pas dévissé un seul boulon, rien, pas fait tomber le moindre carreau : comment veux-tu qu'on me tranche la tête sur cette base ? Je n'y connais rien mais légalement ça ne tient pas. Nordmann abonde. Oui, juridiquement, ton dossier est facile à défendre, mais il tombe au mauvais moment. La guerre et la loi n'ont jamais fait bon ménage… L'état d'exception, disent-ils… Quoi qu'il en soit, j'ai pu obtenir un rendez-vous avec le conseiller technique de Mitterrand et le directeur des Affaires criminelles et des grâces. Et comment cela se passe avec Smadja et Laînné?, demande Fernand. Je ne sais pas trop, pour tout te dire, j'ai parfois l'impression qu'ils veulent faire cavaliers seuls. Nous ne sommes pas toujours d'accord sur la ligne à suivre, mais tout va finir par rentrer dans l'ordre, ne t'inquiète guère de tout ceci.

Noël.

Le Christ rose et chialant dans ses langes.

Trois décennies et l'Homme lui fera passer le goût des autres.

Je t'écris ces quelques lignes pour te faire savoir combien je pense à toi en ce jour. J'ai eu un peu le cafard, mais à présent tout va très bien, et mon moral est du tonnerre. Nouvelle lettre de Fernand au courrier. *Il y a encore de l'espoir et moi j'en ai beaucoup car je n'ai tué ni eu l'intention de tuer personne comme le prouve mon dossier ; je pense qu'en France il sera étudié la tête froide.* Elle s'arrête, puis reprend. *Mon tendre amour, je termine ici ma lettre dans l'espoir de te lire bientôt car pour moi tes lettres sont un bon doping. Aussi je t'embrasse du plus profond de mon cœur.*

Un maire tombe sous une balle du FLN. Plein cœur, à l'intérieur de son véhicule.

Arabes lynchés dans les rues, boutiques saccagées.

Flammes et rafales, la peau trouée du pays.

Lundi 14 janvier : la peine de Bakri arrive à terme. Chikhi le salue en arabe. Ils s'enlacent. Fernand le prend à son tour dans ses bras, bon courage mon frère, fait le détenu qui n'a que quelques minutes pour ne l'être plus, ça va aller tu verras, on te fera sortir d'ici. Fernand lui sourit. Il est heureux, sincèrement heureux pour lui. Bien sûr, il aimerait être à sa place, il aimerait comme lui pouvoir quitter ces murs sans couleur et la mort qu'ils lui promettent, bien sûr, mais Bakri, cher Bakri, ta bonne humeur m'a aidé à tenir bon, ta bonne humeur m'a tenu la tête hors de l'eau. Embrasse ta famille pour moi. Fais des mômes, Bakri, fais pousser des petites têtes sur cette sale terre, lave-nous de tout ce sang… Le garde l'emmène, il se retourne une dernière fois, ce même sourire, tout en soleil, il incline sa tête, la porte grise comme ces foutus murs, salut Bakri.

Une heure plus tard entre le matricule 5821.

Zamoun, c'est ainsi que l'homme se nomme, du moins ainsi qu'il se présente auprès de Fernand et Chikhi. Comme eux, il porte une veste taillée dans une couverture sur laquelle est inscrit, dans le dos, le sigle PCA (prison civile d'Alger), ainsi qu'un pantalon, du même tissu, marqué d'une croix jaune. Son visage est long, étroit, ses yeux minuscules, sombres têtes d'épingles enfoncées. Le front est dégagé, la bouche prognathe et les dents plantées, sans concertation semble-t-il, comme de la mauvaise herbe.

Il avait suffi de douze secondes, dans la nuit du 8 au 9 septembre 1954, pour que Orléansville s'effondrât sous les coups d'un séisme.

Immeubles pliés au sol, toitures arrachées, façades éventrées, poteaux télégraphiques obstruant les rues déjà bouchées de pierres, cahiers d'écoliers épars non loin des cadavres... 1 500 morts le temps d'un rien, de moins que ça, de doigts qui claquèrent dans une nuit qui s'annonçait pourtant comme les précédentes – on raconte toutefois, singulier présage, que les vaches et les pigeons avaient anticipé le choc. L'église ouverte, béance, croix couchée, le ventre vidé de ses entrailles de verres et de bois ; l'hôtel Baudouin étalé dans ses clients, les crânes enfoncés sous les murs qui, quelques minutes auparavant, les protégeaient dans leur sommeil ; la prison crevée de part en part. On eût dit un bombardement de grande ampleur. Nulle aviation, pourtant : les ailes percèrent au profond de la terre. Débris et déblais sous l'aube ahurie, monceaux d'habitats soufflés. Un âne couché contre un véhicule, un vieil homme aplati sous la poussière et les tuiles, une jeune femme, roulée, sans doute s'était-elle protégée, sous un arbre déraciné...

Hélène et Fernand sont venus, avec d'autres, du pays entier et parfois même de plus loin, afin d'aider. La ville est presque vide : les survivants ont fui en nombre dans la crainte d'une nouvelle secousse. Il fait une chaleur épouvantable – d'autant plus pour Hélène qui n'est pas encore parvenue à s'acclimater au soleil algérien. Peaux moites, poisseuses, tissus inconfortables, sueur le long du dos et à la racine des cheveux. Des pharmaciens et des médecins supervisent les secours – l'armée, les pompiers, la gendarmerie et la police ont déjà, il y a quelques jours de cela, accompli le "gros" de ce sinistre travail : évacuer les blessés, rassembler les corps, chercher les disparus sous les ruines. Hélène s'active parmi le groupe des femmes bénévoles (des Européennes d'Algérie et des musulmanes) ; Fernand distribue des médicaments à tous ceux qui, traumatisés par ce qu'ils ont vu ou seulement las des conditions dans lesquelles ils sont depuis contraints à vivre, font la queue afin d'obtenir ce dont ils ont besoin pour eux-mêmes ou leurs proches, à Orléansville ou dans les villages meurtris à l'entour. Hélène remet, la journée durant, des lots alimentaires, des denrées de première nécessité – de quoi tenir le temps d'un nouveau toit.

Comme prévu, Fernand avait quitté la France au mois de janvier. Guéri. Il chercha un logement à même d'accueillir Hélène et Jean-Claude et finit par le trouver, grâce à un ami de son père, au 73 de la rue des Coquelicots – son quartier d'enfance. Il consacra tout son temps libre à "le retaper", comme il se plaisait à le dire à ses voisins en leur annonçant la venue, plus ou moins proche mais en tout cas certaine, d'une "grosse surprise". Il savait, et le redoutait même un peu, que le changement serait brutal pour Hélène – au moins leur nid, leur petit repaire bien à eux qu'il voulut et pensa comme un cocon, fût-ce sans moyens, lui permettrait-il de trouver ses marques, de reprendre son souffle entre ces murs frais si l'air nord-africain la chambardait plus qu'elle ne l'eût imaginé. Il lui fallut reconnaître, lorsqu'elle arriva aux premiers jours du printemps (au petit matin, par le courrier de nuit), que ses inquiétudes n'étaient pas fondées : Hélène se plut aussitôt dans sa nouvelle existence. À l'évidence, il lui fallut composer – avec les us locaux et les rigidités propres à ces deux cultures qu'elle découvrait : musulmane et "européenne". Elle comprit qu'elle ne pouvait pas fumer en public : une femme, sauf à passer pour une putain, ne peut s'exhiber ainsi, du tabac à la bouche, insolente de fumée et d'impudeur (Fernand en avait honte mais il admit qu'il se souciait quelque peu, en effet, de la rumeur et des regards voisins, des langues trop bien pendues et des racontars dans l'ombre des courettes – Hélène ne manqua pas de lui signaler qu'il se moquait pourtant bien de sa "réputation" dès lors qu'il s'agissait de ses opinions politiques, pourtant plus dissonantes qu'une simple clope allumée dans la rue). Elle aima la chaux claire des maisons et la mer toujours comme une évidence ; elle aima les pâtisseries que le quartier lui offrit durant le ramadan ; elle aima les ruelles malaisées et bancroches de la Casbah et ses poivrons, ses poissons, ses agrumes et ses têtes de moutons tranchées ; elle aima les arcades du centre d'Alger et l'allure blanche de la Grande Poste ; elle aima son port pointu de mâts et ses quais, goulées grises de Méditerranée ; elle aima le palmier renversé, dans leur quartier, sur lequel les passants s'arrêtaient pour discuter ou se délasser; elle aima ce gamin dont elle ne sut jamais le prénom et qui lui demanda un midi sa main tandis qu'elle se rendait chez le cordonnier; elle aima entendre cette langue inconnue, arabe lancé des fenêtres, des marchés et des cafés, roulant d'amples tissus en bouches sombres; elle aima les interférences et les carambolages d'une ville entre deux mondes, immeubles haussmanniens et mosquées mauresques, étrange tête-à-tête de couleurs et de cultures.

Elle n'aima pas, en revanche, l'arrogance quotidienne qu'elle décelait, ou plutôt constatait tant rien n'était et n'est caché, des Européens à l'égard des musulmans (elle ne tarda pas à entrevoir l'inventivité verbale que les humains déploient pour décrire ceux qu'ils n'admettent pas en leur sein : crouilles, ratons, melons, bicots, bougnoules). Elle s'étonnait encore, des mois plus tard, que l'on ne laissât pas sa place, dans le trolleybus, aux musulmanes en charge d'un enfant. Pas plus qu'elle n'aima l'omnipotence des hommes, souvent arabes, et leur mainmise sur les lieux publics (une présence jamais discutée, jamais évoquée, comme s'il était normal, sinon "naturel", d'exclure – sans un mot, et peut-être était-ce plus violent encore, puisque parfaitement admis et intégré de tous – les femmes des espaces de discussions).

Fernand tenait à ce qu'elle restât chez eux, profitant de l'appartement et de sa nouvelle vie, mais elle n'y tenait pas. Il n'y avait nulle raison qu'elle ne travaillât pas et elle s'empressa, peu après son arrivée, de chercher un emploi – un couple, dont le mari était ingénieur, avait besoin d'une femme de ménage. Jean-Claude vint à l'été après avoir mené à bien son année scolaire en Seine-et-Marne. Le changement s'avéra plus difficile pour le jeune homme de quatorze ans (qui, s'il appréciait réellement Fernand, ne parvenait toujours pas à le tutoyer, au grand dam de ce dernier). Ses amis lui manquaient. Le calme des rues aussi.

Leur famille avait d'abord pris la nouvelle avec perplexité – la fameuse "traite des Blanches" qui semblait sévir chez les Arabes effraya un instant la mère d'Hélène –, avant de s'y faire puis, même, d'y voir là quelque aventure inconnue. Un petit frisson. Des mystères et de l'exotique. De quoi ravitailler, non sans une certaine fierté, les voisins en anecdotes.

On vient d'envoyer une lettre à Guy Mollet, dit Nordmann. On a protesté contre les tortures que tu as subies, et il faut que tu portes plainte de ton côté. C'est important pour le dossier. Je vais rédiger un texte et tu n'auras qu'à le signer, ce sera plus simple ainsi, je te le ferai envoyer. Fernand le remercie : il approuve, bien évidemment. Je ne sais pas si tu es au courant (Fernand ne l'est pas, non), mais Djilali a été arrêté. Merde, lâche le prisonnier. Et Jacqueline ? Aussi. Elle a confirmé que tu ne voulais tuer personne. Djilali vient d'ailleurs d'être transféré ici, mais je ne sais pas où ils l'ont enfermé. Peut-être vous croiserez-vous dans la cour… Fernand lui demande s'il a été torturé. Il serait très étonnant qu'il ne l'ait pas été, ils tabassent tout ce qui leur passe sous la main. Fernand lui explique que l'aumônier de la prison lui rend régulièrement visite et qu'il prend du plaisir à discuter avec lui. Ceux qui croyaient au ciel et ceux qui n'y croyaient pas, murmure Nordmann. Pardon ? C'est un vers d'Aragon. Jamais lu. Tu devrais, c'est très beau. Je l'ai connu pendant l'Occupation. J'avais caché des papiers dans mon slip, roulés dans la couture, j'avais reçu l'ordre de les lui remettre. C'était à Nice, une petite maison du vieux Nice. Je sonne à la porte, Elsa – sa femme – m'a ouvert. Et voilà Aragon. Il avait un regard lumineux. Il était sans nouvelles du Parti depuis quelques mois. Fernand le coupe, après s'en être excusé, et lui demande ce que ces papiers contenaient. Des témoignages sur l'exécution d'otages…

Dans le bureau de sa grand-mère, Jean-Claude affranchit l'enveloppe qui contient la lettre qu'il s'apprête à expédier à René Coty, palais de l'Élysée, afin de l'adjurer de sauver son beau-père. Sur le timbre bleu, un homme dont il ignore tout : moustache et képi, les yeux dans le lointain. Maréchal Franchet d'Espèrey, né le 25 mai 1856 à Mostaganem, y lit-on. Sans doute, songe Jean-Claude, le Président connaît-il cet individu – et s'il se trouve sur un timbre, il se peut que ce soit un grand homme et qu'il confère quelque sérieux à sa demande…

Voilà deux semaines que Zamoun est arrivé et, déjà, on le change de cellule. Il est sitôt remplacé par le matricule 400. Mohamed Ben Hamadi el Aziz – appelez-moi Abdelaziz, intime-t-il lorsqu'il serre fermement les mains de ses deux codétenus – est un Irakien venu en Algérie se battre aux côtés du Front. Il vient d'être capturé, après avoir été blessé au combat d'une balle dans l'aine. Le tribunal militaire l'a condamné à la peine capitale. Il énonce cela légèrement, presque serein, d'une voix basse, presque suave. Abdelaziz a de l'allure en plus d'être bel homme. Quelque chose d'un prince ou d'un sombre seigneur. Le regard est vif, deux bagues d'agate noire, les paupières bombées et dessinées au fusain. Les cheveux courts grisonnent sur un front haut, le nez est long, busqué mais harmonieux, la barbe fine cisèle plus encore le contour sec de ses traits – l'homme, cela se sent, s'estime et soigne son apparence en dépit d'une situation qui le permet sans doute peu. Sa bouche (à la lèvre inférieure nettement plus prononcée) se pince parfois, une sorte de manie, lorsqu'il achève une phrase. Il tâte le matelas. Retire ses chaussures, le dos droit. Masse sa nuque comme s'il se préparait pour un échauffement. Fernand l'observe du coin de l'œil – il émane de cet homme une bien drôle de chose, l'aura, c'est certainement à cela que sert ce mot : non pas de la sympathie, il ne l'inspire guère ; non pas de la crainte, il la refuserait – quelque chose de bien plus inconfortable puisqu'elle échappe à l'évidence, se soustrait, sciure filant entre les mains. L'homme est fichtrement intelligent, son visage en jure, mais se disputent en lui, à même ses yeux et la ligne de sa bouche, charme et dureté, douceur et cruauté.

Bleu exsangue de la nuit. Pas un nuage, pas une étoile, pas un friselis – masse immobile vautrée sur la cité. Abdelaziz, intrigué, demande à Fernand – qui lisait *Les Misérables*, un présent de l'aumônier – s'il appartient lui aussi au Front de façon officielle. Les trois hommes sont assis sur leurs couchettes respectives. Fernand lui explique qu'il était au départ un militant du Parti communiste algérien et qu'il avait intégré, en son sein, la section des Combattants de la libération, les CDL. L'insurrection du FLN, fin 54, avait semé la pagaille dans le Parti, les militants étaient divisés et les cadres ne savaient plus sur quel pied danser. Était-ce une authentique révolution ou le fait d'agitateurs inconscients qui, par leur radicalité excessive, allaient faire le jeu du pouvoir colonial ? Fernand n'en pouvait plus de ces débats sans fin, de ces atermoiements : l'Algérie était entrée en guerre, il fallait ouvrir les yeux, affronter la réalité et cesser de craindre l'affrontement. Mais on leur répétait d'attendre et, surtout, de respecter le cadre de la légalité. Abdelaziz écoute, les yeux plissés en meurtrières de forteresse. Fernand lui explique qu'il voulait agir avec ses camarades, prêter main-forte aux indépendantistes, mais les autorités restaient muettes... Et puis j'ai perdu un proche, un frère, un Français, c'était un soldat qui avait déserté pour prendre le maquis avec du matériel militaire qui appartenait à l'armée française... Il a été abattu... Ça m'a poussé à m'impliquer davantage encore. Le FLN a appelé à la grève générale, j'y ai participé, je suis ouvrier dans la vie, mais le Parti demeurait sur ses positions, à ne pas savoir quoi faire : il était pour l'indépendance mais pas pour la lutte armée... Mais comment faire autrement, dans ce contexte ? Un accord a finalement été passé entre le Parti et le FLN : les militants communistes pouvaient rallier le FLN, donc la lutte, mais à titre personnel, individuel. C'est ce que j'ai fait avec des camarades. Mais il fallait qu'on fasse nos preuves avant de recevoir des armes ; alors, avec un gars (il s'agissait de Fabien mais Fernand le tait), on a voulu mettre le feu à des wagons sur le port, après le couvre-feu. Ça, personne le sait, même pas ma femme, alors je vous fais confiance (Fernand sentait qu'il le pouvait : Chikhi possède une langue entre les dents dont il ignore l'usage et Abdelaziz n'est pas venu d'Irak pour balancer un compagnon de cellule) : on avait quatre bouteilles d'essence, mais arrivés sur place, on a vu des blindés... On n'allait pas les attaquer avec ça ! On a fait demi-tour. On n'était pas d'accord avec certaines méthodes du FLN mais on

116

se trouvait à présent sous leurs ordres. On voulait pas toucher aux civils, c'était hors de question. Tuer, c'est possible dans une guerre, mais on tue des militaires ou des terroristes, pas des innocents. Ça non plus ma femme le sait pas : on avait pisté un type, un membre d'une organisation colonialiste armée, un dingue, une vraie brute. J'étais d'accord pour l'abattre, s'il fallait, mais l'opération est finalement tombée à l'eau. À la place, un camarade a descendu un officier, un para (Fernand tait, cette fois, le nom d'Hachelaf). En même temps, quand je vous dis ça, je sais aussi d'où ça vient les bombes dans les cafés, je peux le comprendre, ça ne tombe pas du ciel, il faut voir comme l'armée massacre, mais quand même, ce n'est pas en s'entretuant qu'on va trouver une solution. Abdelaziz, qui n'avait pas prononcé un mot, lui répond que lorsqu'un pilote bombarde un village il ne se soucie pas des enfants qui se trouvent à l'intérieur des maisons – œil pour œil, tranche-t-il comme la lame qu'il n'a pas sur lui, et les fils de porcs resteront à leur place.

Je sais, je sais bien, poursuit Fernand, glacé par la haine impassible de son interlocuteur, mais ça ne veut pas dire qu'il faille répondre de la même façon... Alors j'ai proposé de poser une bombe dans l'usine où je bosse. Un chef du FLN – Yacef, tu dois le connaître ? – a tout de suite pensé à tout faire péter, un petit Hiroshima, mais j'ai bien dit que je ne voulais pas tuer une seule personne, juste impressionner les colonialistes, fiche en l'air du matériel. Et me voilà ici... La bombe n'a tué personne ?, interroge l'Irakien. Elle n'a même pas sauté. J'ai été pris la main dans le sac, pour ainsi dire. Et tu es condamné à mort pour ça ? Oui. Abdelaziz marque un long silence avant de répondre : tu es un Français, ils vont te laisser la vie sauve, ne t'inquiète pas. Non, coupe Fernand, je suis un Algérien. Et Chikhi d'ajouter : bien plus que toi, déjà, Abdelaziz.

Smadja et Laînné entrent. Ils sont venus annoncer à leur client qu'ils se rendent à Paris afin de rencontrer le président Coty. Laînné est confiant : rien dans le dossier ne permet de refuser la grâce. Smadja ne le contredit pas mais Fernand ressent son embarras et sa prudence. Laînné tourne son corps vers son collègue, n'est-ce pas, Albert ? Smadja acquiesce. Et Nordmann, demande Fernand, il sera avec vous ? Oui, bien sûr, nous serons trois face au Président... S'il ne nous écoute pas, avec ça ! Smadja demande aux détenus s'ils ont suivi les derniers événements ; Abdelaziz répond pour tous et par la négative. Le FLN a décrété une grève générale dans tout Alger, pour alerter l'ONU, pour faire pression lors de la prochaine session de l'Assemblée générale. Les flics et les militaires sont partout, les bérets rouges et verts partout. La Casbah est déserte... Si les Arabes refusent d'ouvrir leurs boutiques, les paras défoncent tout. On les force à reprendre le travail, on les parque dans des stades, c'est infernal.

Fabien a été transféré à Barberousse.

Il vient d'y croiser Fernand en se rendant au parloir. Courage, a seulement lâché le second en passant à sa hauteur. Les deux hommes ont songé ensemble à la même chose : ils ont bien changé depuis la dernière fois. Tronche ravinée, corps amaigri dans les tissus, cernes, voile déteint des yeux. Deux spectres dans les ventrailles de Barberousse. La Nation a la gueule pleine de puces. Fernand s'interroge en regagnant sa cellule : Fabien nourrit-il à son endroit de la rancœur? Il doit à l'évidence savoir que son camarade l'a donné sous les coups et l'électricité. S'est-il montré plus courageux que lui? Fernand l'espère, en tout cas.

Hélène…

Un prénom comme une démangeaison. Plaie dans le palais qui n'entend pas se faire oublier.

Il pense à elle, comme il ne peut, chaque jour, s'empêcher de le faire. Il ne cesse de ramasser les pièces diffuses de leur histoire, comme s'il fallait, entre ces murs, l'ordonner pour lui donner un sens, dans cette merde grise, ampoule au plafond, couches tachées par d'anciens détenus, chiottes à partager à trois, lui donner une direction, un contour ferme, épais, tracé à la craie ou au charbon. Trois ans et demi ensemble. L'un avec l'autre, l'un par et pour l'autre. Fernand rassemble les morceaux que sa mémoire lui restitue, avec plus ou moins de résistance, afin de constituer un bloc, parpaing d'amour seul à même, face au futur incertain, d'éclater les os et les mâchoires de leurs bourreaux.

Hélène.

Ses cheveux blonds qui firent à son arrivée l'émerveillement du quartier – chacun lui jurant, à raison, que le soleil algérien aurait tôt fait de les lui assombrir. Ses pieds qu'elle disait aimer jadis et bien moins avec le temps. Ses fesses dessinées sous sa culotte bleue, plis de promesses. Les gens qui la prenaient pour la grande sœur de Jean-Claude tant le temps passe sur elle sans prendre ses aises (à l'inverse exact de Fernand qui parut toujours plus vieux que son âge). Leur mariage, le 25 juillet 1955, un mardi, à la mairie d'Alger – ils passèrent ensuite, avec Jean-Claude, une partie de la nuit à danser dans un *club* non loin du champ de courses. Leurs "virées des beaux dimanches", comme Hélène se plaisait à le dire, à Cherchell, près de Tipaza. La chanson *Le Temps perdu* avec laquelle Mathé Altéry représenta la France à l'Eurovision quelques mois plus tôt, sa voix aiguë de soprano qu'elle aimait parfois passer en boucle…

Pour toi, mon amour – en bas de la lettre qu'il vient d'achever.

Hélène porte Fernand dans ses bras plus qu'elle ne le prend, tant le corps de son époux peine à tenir droit. Il vient d'apprendre la mort d'Henri dans la presse. Comme tout un chacun. Comme tant d'inconnus pour qui ce prénom et ce nom, Maillot, n'évoquent rien, seulement un mort de plus, une ligne déjà oubliée, quelques caractères d'imprimerie, poussière à la poussière. Les plus au fait saluent déjà la mort d'un "traître" – les autres tentent de "comprendre ce qui a bien pu se passer", bien sûr, "c'était un homme si doux", pourtant. Hélène s'avère davantage bouleversée par la réaction de celui qu'elle aime que par la disparition d'un homme qu'elle ne connaît finalement que peu : c'est la première fois qu'elle voit Fernand ainsi, pris de spasmes, chevrotant de larmes, incapable de trouver les mots pour mettre en forme ce que ses yeux écorchent. Elle ne dit rien mais comprend parfaitement ce qui a pu pousser Henri à agir ainsi ; elle-même l'avait dit à Fernand peu après sa découverte de l'Algérie : quand les Français en eurent marre des Allemands, ils filèrent au maquis, un point c'est tout. Elle l'avait à ce point entendu qu'elle avait accepté, l'an passé, de loger quelques hommes dans leur maison – dont elle ne sut rien sinon que la police ou l'armée les recherchaient…

Hélène fut frappée, en rencontrant Henri pour la première fois, du fossé qui les rapprochait : l'énergie de l'un tendait la main au calme de l'autre, la spontanéité de l'ouvrier à la réserve du comptable. Ceux qui le trouvaient froid ignoraient tout de ses flammes intimes, forces tues et souterraines, viviers d'autant plus redoutables qu'il ne les livrait pas au regard extérieur : Henri aimait une Arabe, Baya, qui l'aimait en retour – elle avait été mariée de force à un cousin, à l'âge de quatorze ans, puis mère un an plus tard : elle parvint à se séparer de son époux à vingt ans et n'en fit ensuite qu'à sa tête, qu'elle libéra de son voile et farcit de lectures communistes. Henri travaillait pour *Alger républicain* et Fernand savait qu'il était apprécié de ses camarades pour son sérieux et son efficacité : l'homme rendait toujours copie avant qu'on ne le lui demandât.

Il se rasait avec soin et coupait ses cheveux bouclés assez court, sur un grand front bombé. Regard fin, presque féminin. Ses yeux étaient vifs, intenses ; il fixait son interlocuteur sans rien trahir jamais des pensées qui le traversaient. Un nez long, saillant et sec comme l'ossature de son visage. Henri séduisait les femmes sans le savoir : son calme n'était pas de la quiétude, plutôt une sorte de pureté, celle des lacs des hautes montagnes. Sa pondération n'était qu'apparente ; ses colères, rares, tenaient dès lors de la furie – comme ce jour où il raconta à Abdelhamid, un ami journaliste, comment, à Constantine, un capitaine parachutiste avait enfoncé son revolver dans la bouche d'un bébé algérien, après avoir essuyé le canon au moyen d'un mouchoir, puis avait appuyé sur la détente. Henri avait hurlé, avait juré qu'il fallait tuer tous les parachutistes un à un, qu'il fallait foutre en l'air tout ce système – ce qu'il avait vu, les corps en décomposition des Arabes flottant dans l'oued Rhumel, il ne l'oublierait jamais. Abdelhamid l'avait écouté en silence, ce jour-là.

À la fin de l'année 1955, il fut intégré comme aspirant dans un bataillon de l'armée française, puis chargé, quelques mois plus tard, de transporter des armes de Miliana à Alger : il pointa la sienne sur le chauffeur du camion – qui contenait cent quarante armes de poing, des grenades, des chargeurs ainsi que cent trente-deux fusils-mitrailleurs – et l'obligea, en pleine forêt de pins et d'eucalyptus, à rejoindre ses camarades communistes, préalablement avertis de l'opération. Le chauffeur fut chloroformé et le chargement intégralement volé. Il avait tenu à embrasser sa sœur avant de partir, sans rien lui dire, à l'évidence, de ses projets. Sa désertion ébranla l'Algérie comme la France : on le condamna à mort ; ils constituèrent un maquis, combattant l'armée française sans pour autant intégrer les rangs du FLN. Les indépendantistes furent rapidement pris d'assaut et Henri arrêté vivant par des soldats du 504 BT : après l'avoir battu, on lui dit qu'il pouvait s'en aller, il savait qu'il n'en était rien, marcha à reculons, hurla "Vive le Parti communiste algérien !" et tomba sous une rafale.

Son cadavre fut transporté en ville sur le capot d'un engin blindé, les cheveux teints au henné, de faux papiers dans ses poches. Trophée des grands vainqueurs.

La Civilisation bombe le torse, bandant verges et drapeaux.

Marianne monnaie sa nuit aux trois couleurs
– des clous pour des chimères.

Je ne suis pas musulman, avait-il écrit peu de temps
auparavant, *mais je suis algérien d'origine européenne.
Je considère l'Algérie comme ma patrie. Je considère
que je dois avoir à son égard les mêmes devoirs que
tous ses fils. Au moment où le peuple algérien s'est levé
pour libérer son sol national du joug colonialiste, ma
place est aux côtés de ceux qui ont engagé le combat
libérateur. La presse colonialiste crie à la trahison,
alors qu'elle publie et fait siens les appels séparatistes
de Boyer-Banse. Elle criait aussi à la trahison lorsque
sous Vichy, les officiers français passaient à la résistance,
tandis qu'elle servait Hitler et le fascisme. En vérité les
traîtres à la France ce sont ceux qui, pour servir leurs
intérêts égoïstes, dénaturent aux yeux des Algériens le
vrai visage de la France et de son peuple aux tradi-
tions généreuses, révolutionnaires et anticolonialistes.
De plus, tous les hommes de progrès de France et du
monde reconnaissent la légitimité et la justesse de nos
revendications nationales. Le peuple algérien longtemps
bafoué, humilié, a pris résolument sa place dans le
grand mouvement historique de libération des peuples
coloniaux qui embrase l'Afrique et l'Asie. Sa victoire est
certaine. Et il ne s'agit pas, comme voudraient le faire
croire les gros possédants de ce pays, d'un combat racial
mais d'une lutte d'opprimés sans distinction d'origine
contre leurs oppresseurs et leurs valets, sans distinction
de race. Il ne s'agit pas d'un mouvement dirigé contre la
France et les Français ni contre les travailleurs d'origine
européenne ou israélite. Ceux-ci ont leur place dans ce
pays. Nous ne les confondons pas avec les oppresseurs de
notre peuple. En accomplissant mon geste, en livrant
aux combattants algériens des armes dont ils ont besoin*

pour le combat libérateur, des armes qui serviront exclusivement contre les forces militaires et policières et les collaborateurs, j'ai conscience d'avoir servi les intérêts de mon pays et de mon peuple, y compris ceux des travailleurs européens momentanément trompés.

Fernand reprend son souffle.

Hélène essuie l'une de ses joues de sa paume. Elle pourrait laper son visage jusqu'à ce qu'il cesse de pleurer ainsi, beau pantin aux ficelles tranchées par la détresse.

Il faut agir, finit-il par souffler. Faire quelque chose. Qu'il soit pas mort pour rien.

René Coty porte un costume sombre à fines rayures. Mèche plaquée sur le côté gauche, oreilles démesurées et quignon de pain en guise de nez. Nordmann, Smadja et Laînné ont pris place sur les trois chaises en face de son bureau élyséen. Le Président de la République se montre souriant. Bienveillant, même. Après avoir écouté les trois avocats dérouler les manquements graves qu'ils tenaient à souligner (le climat d'hystérie collective en Algérie, l'absence d'instruction en amont et de préparation de la défense, les tortures subies par leur client, la brutalité impartiale de la presse), Coty assure qu'il connaît bien le dossier et qu'il estime, lui aussi, que la peine n'est pas proportionnelle aux faits reprochés. Il y voit même quelque noblesse, du moins parvient-il, fût-il en désaccord avec le geste d'Iveton, à déceler le courage des intentions et la part généreuse de ses mobiles. Mais tout ceci me rappelle une histoire, poursuit-il : en 1917, j'étais un jeune officier, j'avais trente-cinq ans, quelque chose comme ça, et j'ai vu de mes yeux deux jeunes soldats français se faire fusiller. Et lorsque l'un d'eux était conduit au poteau, le général lui a dit, je m'en souviens parfaitement, toi aussi, mon petit, tu meurs pour la France.

Il s'arrête sur ces mots. Smadja entend ce qu'il ne dit pas, ou du moins le croit, le comprenant ainsi : Coty, en évoquant ce triste soldat, ne songe qu'à Fernand Iveton – lui aussi, alors, s'apprête à mourir pour la France... Coty reprend, expliquant que les demandes de grâce reçues d'Algérie s'avèrent bien moins nombreuses que les appels à conduire l'exécution à son terme. Et il y a l'ordre public, continue-t-il. Nordmann intervient : sauf votre respect, monsieur le Président, cet argument ne tient pas ; si Iveton est guillotiné, cela satisfera, en effet, l'esprit de représailles aveugle de certains mais, croyez-moi, croyez-nous, cela n'aura pas le moindre effet d'intimidation sur la population arabe, ils continueront de se battre, avec les moyens qui sont les leurs, n'en doutez pas, monsieur le Président. Nordmann poursuit, la voix nette et sans embarras : lorsque j'étais directeur du cabinet au ministère de la Justice, lors de la libération de Paris, j'ai moi-même rédigé et fait apposer des affiches pour appeler la population à s'abstenir de toute exécution sommaire ; la violence aveugle ne résout rien, rien du tout. Coty l'écoute attentivement, un petit calepin en cuir devant lui – sur lequel il prend des notes de temps à autre. Permettez-moi de vous raconter une anecdote : notre client a été insulté en prison par l'un de ses gardiens, et savez-vous ce qu'il lui a répondu ? "Imbécile, c'est pour toi que je suis ici !" Oui, notez bien cela, monsieur le Président, notre client sait qu'il se bat pour plus que lui, il se bat pour son pays, qu'il veut libre, heureux, un pays qui puisse garantir à chacun de ses citoyens, musulmans et européens, la liberté de pensée et l'égalité, notre client ne veut rien d'autre. Smadja sort de son cartable marron une lettre, signée par Hélène et rédigée à l'attention de René Coty. Ce dernier s'en empare, promet qu'il la lira sans délai et la pose à sa droite, sur l'épais dossier "Fernand Iveton". Et Laînné d'insister : il faudra entendre leur client comme témoin, notamment dans le cadre des tortures subies. Le Président approuve – il est en effet indigne que la police ou l'armée de la République ait pu, si les faits sont confirmés, pratiquer pareil geste. L'entretien aura duré une heure et demie. Les quatre hommes se saluent – Coty les raccompagne jusqu'à la porte de son cabinet.

Qu'en penser ? Les avocats ne le savent pas bien. Smadja est le plus catégorique : il ne va pas le gracier – l'anecdote de l'officier l'atteste. Tu crois ? Oui, c'est certain, ma main à couper. Demain, mercredi 6 février, le Conseil supérieur de la magistrature examinera de nouveau le dossier.

Par lettre recommandée, Fernand a reçu le compte rendu de l'entrevue, sous la plume de Nordmann. Il lui répond aussitôt. *Je sais que je peux faire confiance au peuple de France ; il faut lui donner à chaque occasion mon salut fraternel avec mes remerciements et mon espoir de le faire moi-même un jour pas très lointain. Je crois, d'après le récit de la visite au président de la République que tu me fais dans ta lettre qu'il y a beaucoup de chance. Aussi de tout mon cœur, avec ma conviction que nous nous reverrons en homme libre, merci.*

Samedi. Chikhi est libre. Sa peine est arrivée à son terme. Il serre la main d'Abdelaziz avant de poser sa paume sur son cœur, puis enlace Fernand en silence. Ne dis rien mon frère, chuchote-t-il à ce dernier, Dieu saura ce que tu as fait pour notre pays.

Il avait rassemblé ses affaires la veille. Le gardien l'attend puis referme la porte derrière lui. Quatre à cinq heures plus tard, elle s'ouvre de nouveau. Un jeune Arabe, pas même vingt ans, entre. Achouar. Un CAM, lui aussi. Il a été arrêté lors de combats avec l'armée française, à Tighrempt, et réclame le statut de prisonnier de guerre. Il tenait un fusil de chasse encore chaud. Son visage est doux, presque infantile. Fernand lui demande aussitôt s'il en sait davantage sur la mort d'Henri Maillot, survenue il y a maintenant huit mois, en juin dernier. Non, rien. Il a entendu son nom, comme tout le monde, le Français qui a rejoint les combattants algériens, mais rien de plus.

Ils passent une bonne partie de la nuit à parler ensemble.

Dix heures du matin. Le moment de la promenade. Fernand suit le gardien, comme chaque jour, menotté, comme chaque jour de ces trois mois passés en prison. La cour des CAM est plus petite que celle des autres détenus. Fernand fait les cent pas. Semelles sur le ciment gris. Plusieurs hommes surveillent. Quelques visages, parfois familiers, s'ébauchent en rayures derrière des barreaux ; Fernand en salue certains de ses mains entravées. Il regagne leur cellule. Abdelaziz fait des abdominaux et Achouar nettoie méticuleusement ses chaussures avec du papier hygiénique. À peine est-il rentré, à peine s'est-il assis pour reprendre *Les Misérables* à la page où il s'était arrêté, que Laînné et Smadja lui rendent visite. Fernand est heureux de les voir, il ne le leur cache pas et explique qu'il a reçu des informations de Nordmann et qu'il ose encore penser qu'il est possible d'être gracié. Coty saura prendre la bonne décision. N'est-ce pas qu'il le saura ? Smadja tente de dissimuler du mieux qu'il peut son absence totale d'espoir ; il esquisse une moue en croyant faire un sourire – le visage est traître à qui croit le duper. Laînné se veut plus rassurant, il secoue sa tête de ruminant : le Président n'a rien dit, ni dans un sens ni dans l'autre, mais espérons-le, oui, croisons les doigts en attendant le verdict. Imminent. D'un jour à l'autre. Aucun des trois avocats ne lui a conté l'anecdote de Coty à propos du soldat fusillé pour la France... Ils se retirent pour l'heure du déjeuner. Dites à Hélène que je l'embrasse si jamais vous la croisez avant qu'elle ne revienne me voir au parloir, ajoute Fernand en se levant pour les saluer.

La nourriture est tiède, aujourd'hui. Pâtes et bœuf, comme tous les dimanches. Un fond de jus opaque, d'une couleur incertaine. Fernand engloutit le repas, pressé de reprendre sa lecture. *Jean Valjean n'était pas mort. En tombant à la mer, ou plutôt en s'y jetant, il était, comme on l'a vu, sans fers. Il nagea entre deux eaux jusque sous un navire au mouillage, auquel était amarrée une embarcation.* Deux bombes déchirent l'après-midi : dans les stades algérois d'El-Biar et du Ruisseau. Dix cadavres, une trentaine de blessés, du sang partout, des mutilés. Deux simples passants, qui ont alors le malheur d'être arabes, sont lynchés à mort par une foule en colère. La nuit glisse sur la ville, épais tissu de silence en deuil. Jean Valjean observe Cosette dormir, la nourrit, la protège et lui apprend à lire. Il voit le monde et les hommes d'une autre lumière depuis qu'il aime Cosette. Fernand souhaite une bonne nuit à ses deux compagnons. Ses yeux, de fatigue, peinent à suivre les lignes, tremblantes et molles, mais il entend bien poursuivre sa lecture. Encore un peu. Deux ou trois pages. *Jean Valjean, pas plus que Cosette, ne savait où il allait. Il se confiait à Dieu comme elle se confiait à lui. Il lui semblait qu'il tenait, lui aussi, quelqu'un de plus grand que lui par la main ; il croyait sentir un être qui le menait, invisible.* Ses paupières ne parviennent plus à lui tenir tête. Il pose l'ouvrage après avoir marqué sa page d'un coupon de la cantine, puis se tourne sur le côté, en chien de fusil, puisqu'il n'a jamais su (tout en se demandant comment les autres y parviennent) s'endormir le dos à plat, parfaitement plat, yeux au plafond. Il sombre en quelques minutes, sans même s'en rendre compte. Et soudain du bruit. De la lumière. L'adverbe masque en réalité la confusion qui s'empare de Fernand : il ouvre les yeux, ne sait plus bien où il est, quelle heure, c'est quoi ce bruit, il rêve ou bien ?, il tourne la tête, mais quelle heure il est, je dormais, des gardiens, des gardiens, merde, c'est quoi ce bruit ? Des gardiens, au-dessus de lui, en effet, dans le contre-jour de l'ampoule blanche. Ils lui demandent de se lever immédiatement. Fernand ne comprend rien. Abdelaziz s'est redressé ; il fronce les sourcils – il comprend tout. Par ici, Iveton, ta grâce a été refusée. Lève-toi tout de suite. Fernand obtempère. Sonné. Sidéré. Le cerveau encore lourd de sommeil. Il porte un slip et demande à revêtir son pantalon : l'un des gardiens refuse sèchement. On le pousse. Arrivé sur le pas de la porte, il se retourne et regarde Achouar et Abdelaziz. Le premier semble perdu, hagard, peut-être plus encore que Fernand ne l'est lui-même ; le second est grave, fixe, statue antique. Ses yeux noirs sectionnent d'un coup d'un seul les vapeurs du réveil. Ses yeux noirs, pointes hors de doutes, contraignent le condamné à ouvrir les siens – pour de bon, cette fois. Mes frères… dit alors Fernand, mais on lui plaque aussitôt une main sur la bouche et le tire vers l'arrière. Paniqué, Achouar demande ce qu'il se passe ; Abdelaziz ne répond rien. Il regarde le plafond, allongé sur sa couchette. Fernand traverse le couloir. L'aube s'agite, secoue ses plis jaunes. Il est bientôt cinq heures. Les phares, dehors, le bruit du portail, les véhicules… Les prisonniers de Barberousse devinent que quelque chose d'inhabituel se prépare. À mesure qu'il avance, Fernand noue un à un les fils, les portions éparses. Coty, Mitterrand et les autres ont refusé sa grâce, sa tête va tomber. Il pense à Hélène. À Henri. Être droit, comme eux. Il hurle dans les couloirs : Tahia El Djazaïr*! Une première fois. Il a crié pour ne pas pleurer ou s'effondrer. Une seconde fois. Tahia El Djazaïr! Un garde lui dit de la boucler et soulève sa matraque à hauteur de sa taille. Des voix lui répondent, déjà, des voix qui ont déjà tout saisi. On le conduit au greffe de la prison. Des cris, en arabe, des chants et des slogans tout autour de lui sans qu'il ne soit en mesure de deviner leur provenance. Ils rebondissent derrière, parfois loin, se cognent dans sa tête cernée. La prison gonfle son torse. Ses tempes bourdonnent. Tahia El Djazaïr! Tahia El Djazaïr! Les matons semblent soudainement pris, sinon de panique, de vertige : les prisonniers, pourtant enfermés, leur échappent – leurs espoirs emportent le fer des portes. Il n'est aucun cœur que l'État contraigne. Les rêves rongent sa raison à l'acide. Le greffe demande à Fernand s'il a quelque chose à déclarer avant le début de

* "Vive l'Algérie!"

la procédure. Il répond qu'il aimerait porter un pantalon. Puis dit à ce brave fonctionnaire, afin qu'il prenne bonne note : "La vie d'un homme, la mienne, compte peu. Ce qui compte, c'est l'Algérie, son avenir. Et l'Algérie sera libre demain. Je suis persuadé que l'amitié entre Français et Algériens se ressoudera." Rien de plus. Le greffe le remercie. On lui tend un pantalon et des chaussures en toile. Il s'habille tandis que deux Arabes entrent, escortés de plusieurs gardes. Mohamed Lakhnèche, dit Ali Chaflala, et Mohamed Ouenouri, dit P'tit Maroc. Fernand réalise qu'ils vont être exécutés en même temps que lui. Les prisonniers frappent les murs des cellules de leurs gamelles et cuillères en métal. Les poumons de la prison se chargent, inspirent, expirent. Dans les rues aux abords, les femmes hurlent maintenant à leurs fenêtres afin de soutenir les combattants. Youyous, chants patriotiques et *nachîds*. ينادينا للاستقلال، لاستقلال وطننا Les trois condamnés تضحيتنا للوطن خير من الحياة pénètrent dans la cour. La guillotine, fière sur le ciment. La lame oblique, infâme, et le trou, le trou rond, parfaitement rond. أضحّي بحياتي ومالي عليك Les youyous inondent, débordent et saturent l'espace. Smadja, Laînné et l'aumônier Declercq sont là. Ils attendaient. Fernand s'étonne de les voir – il ignore, de fait, que ses avocats ont été avertis la veille, durant l'après-midi, par un appel téléphonique. Il ne fait pas froid ; il fait même doux. يا بلادي يا بلادي، أنا لا أهوى سواك Il est cinq heures. Laînné embrasse Fernand, aie du courage, souffle-t-il, c'est à cause de l'opinion publique… Tu es français, tu as mis une bombe, pour eux c'est impardonnable : tu meurs à cause de l'opinion publique… Fernand a le ventre comme lacéré, griffé, troué de milliers de petits plombs de chevrotine. قـد سـلا الدنيـا فـؤادي وتفانـى فـي هـواك Fernand répète, à trois reprises, l'opinion publique l'opinion publique l'opinion publique. Il peine à respirer. La Casbah tire le ciel à elle, les cris et les youyous, fil ininterrompu. On l'avance vers le bourreau : il porte une cagoule et Fernand ignore que cet homme masqué, que l'on surnomme "Monsieur d'Alger", se prénomme lui aussi Fernand. Le bourreau, en entendant le nom du condamné dans la bouche de l'aumônier, se surprend presque à sursauter. Comme si la mort prenait enfin corps, après tous ceux qu'il trancha d'une main des plus professionnelles, par le truchement d'un prénom qui le renvoie brutalement à leur humanité commune. Declercq lui demande s'il a besoin du secours de la religion ; Fernand le regarde, tente de sourire, en vain, et répond non… non… libre penseur… لـك فـي التاريـخ ركن مشـرق فـوق السـماك Les gardes lui attachent les mains dans le dos. Je vais mourir, murmure-t-il, mais l'Algérie sera indépendante… Fernand passe en premier : l'usage veut que le condamné le moins "coupable" ouvre le bal afin qu'il n'ait pas à assister à la mise à mort des autres. Ses deux avocats se retirent dans l'un des couloirs qui mènent à la cour. Laînné s'agenouille, la tête baissée, les mains jointes vers son Seigneur. Smadja, debout en sanglots, front contre le mur. Ils ne veulent, ils ne peuvent voir cela. Il est cinq heures dix lorsque la tête de Fernand Iveton, numéro d'écrou 6101, trente ans,

Hélène plie la lettre en deux. Puis en quatre. Anonyme. Seulement un post-scriptum lui apprenant que l'auteure de ce poème à la mémoire de Fernand est une Européenne d'Algérie, indépendantiste et condamnée à cinq années de détention.

Puis le coq a chanté
Ce matin ils ont osé,
Ils ont osé vous assassiner.

En nos corps fortifiés
Que vive notre idéal
Et vos sangs entremêlés
Pour que demain, ils n'osent plus
Ils n'osent plus, nous assassiner

Guillotiné le 11 février 1957, Fernand Iveton est le seul Européen exécuté par la justice de l'État français durant la guerre d'Algérie. France-Soir, *pour commenter son décès, le qualifiera de "tueur" et* Paris-Presse *de "terroriste".*

Deux jours après sa décapitation, Albert Smadja sera arrêté et transféré dans le camp de Lodi afin de "faire taire ceux qui peuvent dénoncer la répression, entrer en contact avec les militants arrêtés, soutenir leurs familles, leurs proches, se mettre en travers de l'accusation dans les procès[1]*" : il sera libéré à la fin de l'année 1958, soit près de deux ans plus tard. La même année, au mois de mars, Sartre publiera dans* Les Temps modernes *un texte à la mémoire d'Iveton*[2].

André Abbou, auteur de Albert Camus, entre les lignes[3], *fera savoir que le romancier serait "intervenu" pour tenter de le sauver*[4]. *Le couple Guerroudj sera*

1. Voir *Le Camp de Lodi* de Nathalie Funès, Stock, 2012.
2. "Nous sommes tous des assassins", *Les Temps modernes* nº 145.
3. Séguier, 2009.
4. "Mais il est trop tard et il ne reste plus qu'à se repentir ou à oublier. Bien entendu, on oublie. La société, cependant, n'en est pas moins atteinte. Le crime impuni, selon les Grecs, infectait la

gracié par de Gaulle – Jacqueline mourra à Alger, à l'âge de quatre-vingt-quinze ans (quelques semaines avant le début de l'écriture du présent livre). Hélène Iveton et le père de Fernand quitteront sans tarder l'Algérie ; elle décédera le dimanche 10 mai 1998, à Arcueil. Joë Nordmann reviendra sur cette affaire dans ses Mémoires, Aux vents de l'histoire[5].

Dans Coups et blessures[6], Roland Dumas rapportera que François Mitterrand a, selon lui, tenu à abolir la peine de mort pour se "racheter", aussitôt parvenu au pouvoir, de ses décisions lors de la guerre d'Algérie – parmi lesquelles, donc, l'exécution d'Iveton.

Ces pages n'auraient pu être écrites sans le patient travail d'enquête de Jean-Luc Einaudi – qu'il en soit, bien que disparu, remercié ici. Il fera savoir qu'il n'aura rencontré, lors de ses recherches, que "le silence de l'État[7]".

cité." Albert Camus, à propos d'Iveton, dans ses Réflexions sur la guillotine (1957).
5. Actes Sud, 1999.
6. Le Cherche-Midi, 2011.
7. Voir Pour l'exemple, l'affaire Fernand Iveton, L'Harmattan, 1986.

OUVRAGE RÉALISÉ
PAR L'ATELIER GRAPHIQUE ACTES SUD
ACHEVÉ D'IMPRIMER
EN JUILLET 2018
PAR NORMANDIE ROTO IMPRESSION S.A.S.
À LONRAI
POUR LE COMPTE DES ÉDITIONS
ACTES SUD
LE MÉJAN
PLACE NINA-BERBEROVA
13200 ARLES

DÉPÔT LÉGAL
1re ÉDITION : AOÛT 2018
N° impr. : 1802117
(Imprimé en France)